W0265944

Thomas C. Brezina

DAS DIAMANTEN-GESICHT

Krimiabenteuer Nr. 53

Mit Illustrationen von Jan Birck

Ravensburger Buchverlag

STECKBRIEFE

HALLO,
ALSO HIER MAL IN KÜRZE
DAS WICHTIGSTE ÜBER UNS:

POPPI

NAME: Paula Monowitsch
COOL: Tierschutz
UNCOOL: Tierquäler, Angeber
LIEBLINGSESSEN:
Pizza (ohne Fleisch,
bin Vegetarierin!!!)
BESONDERE KENNZEICHEN:
bin eine echte Tierflüsterin –
bei mir werden sogar Pitbulls
zu braven Lämmchen

DOMINIK

NAME:
Dominik Kascha
COOL: Lesen, Schauspielern
(hab schon in einigen Filmen und
Theaterstücken mitgespielt)
UNCOOL: Erwachsene, die einen bevormunden
wollen, Besserwisserei (außer natürlich, sie kommt
von mir, hähä!)
LIEBLINGSESSEN: Spaghetti
(mit tonnenweise Parmesan!)
BESONDERE KENNZEICHEN:
muss immer das letzte Wort haben und kann so
kompliziert reden, dass Axel in seine Kappe beißt!

AXEL

NAME: Axel Klingmeier

COOL: Sport, Sport, Sport (Fußball und vor allem Sprint, bin Schulmeister, habe sogar schon drei Pokale gewonnen)

UNCOOL: Langweiler, Wichtigtuer

LIEBLINGSESSEN: Sushi … war bloß ’n Witz (würg), also im Ernst: außer Sushi alles! (grins)

BESONDERE KENNZEICHEN: nicht besonders groß, dafür umso gefährlicher (grrrrrr!)

LILO

NAME: Lieselotte Schroll (nennt mich wer Lolli, werde ich wild)

COOL: Ski fahren, Krimis

UNCOOL: Weicheier, Heulsusen

LIEBLINGSESSEN: alles, was scharf ist, thailändisch besonders

BESONDERE KENNZEICHEN: blond, aber unheimlich schlau (erzähl einen Blondinenwitz und du bist tot …)

Bibliografische Information der Deutschen Nationalbibliothek:

Die Deutsche Nationalbibliothek verzeichnet diese Publikation
in der Deutschen Nationalbibliografie.
Detaillierte bibliografische Daten sind im Internet
über *http://dnb.d-nb.de* abrufbar.

FSC
Mix
Produktgruppe aus vorbildlich
bewirtschafteten Wäldern und
anderen kontrollierten Herkünften

Zert.-Nr. SGS-COC-001940
www.fsc.org
© 1996 Forest Stewardship Council

Das für dieses Buch verwendete FSC-zertifizierte Papier
liefert Arctic Paper Mochenwangen GmbH

1 2 3 4 5 14 13 12 11 10

© 2000 und 2010 Ravensburger Buchverlag
Otto Maier GmbH
Umschlagillustration: Jan Birck
Printed in Germany
ISBN 978-3-473-47157-7

www.ravensburger.de
www.thomasbrezina.com
www.knickerbocker-bande.com

INHALT

DIE DROHUNG

Die Knickerbocker-Bande traf das Diamantengesicht zum ersten Mal an einem Mittwoch. Keines der vier Mitglieder der Bande ahnte an jenem Tag, dass es in diesem neuen Fall um Leben und Tod gehen würde.

An jenem Mittwoch stand Poppi mit Dominik am Bühneneingang des Opernhauses. Nervös knetete sie einen Zettel und einen Kugelschreiber in den Händen.

„Kann ich davon ausgehen, dass du dich in diesen Hüpferling total verknallt hast?“, fragte Dominik spöttisch.

„Nein“, zischte Poppi wütend. „Und quatsch nicht schon wieder so hochgestochen daher.“

Grinsend nahm Dominik seine Brille ab und begann, sie mit dem Ärmel seines Pullis zu putzen. „Meine liebe Poppi", sagte er, „gestehe dir selbst ein, dass dich Amors Pfeil getroffen hat."

„Häää?" Poppi verzog das Gesicht. „Was soll das schon wieder heißen?"

„Amor ist doch der Gott der Liebe", erklärte ihr Freund. „Er schießt seine schmerzlosen Pfeile auf Menschen, damit sie sich verlieben."

Jetzt reichte es Poppi endgültig. Sie trat Dominik fest auf die Zehen, sodass er ein lautes Stöhnen von sich gab.

In diesem Augenblick kam der Mann, auf den Poppi so ungeduldig gewartet hatte. Er war groß, sehr schlank und hatte einen blonden Lockenkopf, der ihn wie einen Engel aussehen ließ – so kam es Poppi jedenfalls vor.

Der Mann hatte eine Sporttasche geschultert und war trotz der Wärme des Frühlingstages mit einer dicken Jacke bekleidet.

Den Kopf gesenkt, eilte er mit energischen Schritten auf den Bühneneingang zu. Dieser Eingang befand sich an der Rückseite des großen Opernhauses und durfte nur von den Künstlern und dem Personal benutzt werden.

Poppis Herz schlug schneller. Natürlich hätte sie

das niemals zugegeben, aber der junge Mann gefiel ihr. Sein Name war Thorsten Tempinsky und er war der neue Ballettstar der Oper. An diesem Mittwochabend sollte die Premiere des Balletts *Romeo und Julia* stattfinden. Thorsten würde die Rolle des Romeo tanzen. Auf allen Fotos, die Poppi aus Zeitungen und Zeitschriften ausgeschnitten hatte, sah Thorsten in seinem Romeo-Kostüm einfach „total süß“ aus.

Dominik stieß Poppi mit dem Ellbogen an und flüsterte: „Na los, glotz ihn nicht mit großen Kuhaugen an, sondern bitte ihn um das Autogramm.“

Doch Poppi brachte kein Wort heraus. Am liebsten hätte sie sich einfach umgedreht und wäre weggelaufen.

Ungeduldig knurrte ihr Knickerbocker-Freund: „Jetzt mach schon, ich hab keine Lust, hier zu übernachten.“

Thorsten hatte den Bühneneingang fast erreicht. Poppi holte tief Luft, machte einen Schritt nach vorn und hielt ihm Zettel und Kugelschreiber vor die Brust.

„Ich bring dich um!“, ertönte ein wütender Schrei.

Erschrocken zuckte Poppi zurück.

Hinter dem Balletttänzer tauchte eine schlanke

junge Frau mit langen schwarzen Haaren auf. Sie schlug mit den Fäusten auf Thorsten ein und wiederholte ihre Drohung. „Ich bring dich um, du Dreckskerl! Ich bring dich um!“

Thorsten stöhnte genervt und rollte die Augen. „Klara, lass mich in Frieden! Ich habe heute Premiere. Ich muss mich konzentrieren. Kapierst du das denn nicht?“

Die Frau schleuderte ihr Haar nach hinten und packte ihn an der Jacke. „Spar dir deine Lügen. Ich weiß alles!“

Mit einer schnellen energischen Bewegung entfernte Thorsten ihre Hände von seiner Jacke und stieß sie zurück. „Du spinnst! Und jetzt geh heim und heul von mir aus deiner Mutter was vor.“

Er riss die dicke und ziemlich schwere Holztür auf und verschwand im Opernhaus.

„Lassen Sie diese Verrückte ja nicht herein!“, hörte ihn Poppi zu jemandem sagen, den sie nicht sehen konnte.

Die schwarzhaarige Frau wollte ihm nacheilen, aber ein kleiner stämmiger Mann, der an eine bissige Bulldogge erinnerte, versperrte ihr den Weg. Er pflanzte sich in der Tür auf und musterte sie mitleidig.

„Dieser Eingang ist nur für Künstler“, erklärte er ruhig.

„Ich bin Künstlerin!“, fauchte ihn die Frau an. „Und ich muss diesem Mistkerl endlich einmal zeigen, dass er ein absoluter Versager ist!“

„Junge Frau, beruhigen Sie sich. Denken Sie an Ihre Gesundheit“, riet ihr der Mann und schloss die Tür vor ihrer Nase.

Klara schnaubte wie ein gereiztes Raubtier und trat mit dem Fuß dagegen. Danach stöhnte sie vor Schmerz auf und humpelte davon. Sie drehte sich allerdings noch einmal um und drohte: „Ich bring dich um, Thorsten! Du bist ein Lügner und Betrüger und das weißt du auch!“

Fragend sah Poppi Dominik an. „Was hältst du davon?“

Dominik zuckte mit den Schultern. „Keine Ahnung.“

„Und ein Autogramm hab ich jetzt auch nicht bekommen. Zwei Stunden Warten umsonst“, jammerte Poppi.

„Kein Problem“, sagte Dominik. „Komm mit!“

Er machte einen Schritt Richtung Bühneneingang, aber Poppi blieb stocksteif stehen. „Äh … aber wir kommen da nicht rein. Der Typ lässt uns niemals durch.“

„Der ‚Typ‘ heißt Berni und ist streichelweich“, erklärte Dominik. „Du scheinst vergessen zu haben, dass ich sogar schon in der Oper aufgetreten bin.“

Poppi lächelte spöttisch, als sie sich wieder daran

erinnerte. „Klar weiß ich das, du musstest jeden Abend auf die Bühne laufen und eine dieser Sängerinnen küssen."

Dominik bekam einen knallroten Kopf.

„Äh … ja, weil ich den jungen spanischen Prinzen gespielt habe und meine Mutter die Rolle der Königin hatte", sagte er hastig.

„Dominik, der Küsserkönig", witzelte Poppi, die sich das nicht verkneifen konnte.

„Willst du jetzt dein Autogramm, oder nicht?" Dominik hatte die Arme vor der Brust verschränkt und sah Poppi mit gespielter Ungeduld an.

„Klar will ich es."

„Dann spar dir deine Kommentare und komm!"

Gleich neben der Bühnentür gab es ein kleines Fenster, hinter dem Berni, der Portier, saß. Dominik hatte nicht zu viel versprochen. Berni freute sich sehr, Dominik wiederzusehen, und begrüßte ihn wie einen alten Bekannten.

Dominik deutete kurz auf Poppi. „Die da möchte gerne zu Thorsten." Er zwinkerte Berni zu. „Blonde Locken und so …"

Der Portier machte eine einladende Handbewegung. „Aber ich habe euch nicht reingelassen", flüsterte er und zwinkerte ebenfalls.

Ein langer düsterer Flur führte in das Innere des

großen Opernhauses, zu den Büros und zu den Garderoben.

„Glaubst du, diese Klara hat das ernst gemeint?“, fragte Poppi leise.

„Du meinst die Morddrohung?“

Poppi nickte langsam. Sie gingen den Gang entlang in Richtung Garderoben.

„Nein, du brauchst keine Angst um deinen Angebeteten zu haben“, sagte Dominik belustigt.

Mit einem Mal taumelte Thorsten vor ihnen aus einer Tür und schloss sie, so vorsichtig er konnte. Dann lehnte er sich zusammengekrümmt gegen die Mauer, als hätte er große Schmerzen.

Poppi schnappte erschrocken nach Luft. Thorsten drehte den Kopf in ihre Richtung. Er war käseweiß im Gesicht.

DER MORDVERSUCH

„Hallo“, sagte Poppi schwach.

Der Balletttänzer antwortete nicht, sondern atmete nur keuchend.

„Alles in Ordnung?“, erkundigte sich Dominik.

„Haut ab!“, zischte Thorsten, richtete sich auf und ging mit schnellen Schritten davon.

„Dein Angebeteter ist nicht gerade sehr charmant, im Gegenteil, er ist ein echter Griesgram!“, stellte Dominik trocken fest.

„Normalerweise ist er ganz anders“, verteidigte Poppi den Tänzer. „Mit dem stimmt etwas nicht. Wahrscheinlich hat ihm die Drohung der Frau Angst eingejagt.“

„Vielleicht ist Klara durch ein Fenster geklettert

und hat ihm in dem Zimmer aufgelauert", fiel Dominik ein. Er ging sofort los und drückte die Klinke herunter.

„Und?" Poppi hob fragend die Augenbrauen.

„Abgesperrt! Thorsten muss wohl abgeschlossen haben!"

„Hat er nicht, das wäre uns doch aufgefallen", entgegnete Poppi.

Dominik hatte Lust, der Sache auf den Grund zu gehen. „Ich finde, wir sollten Thorsten aus Sicherheitsgründen nicht aus den Augen lassen", erklärte er mit entschlossener Miene.

Poppi nickte mit ernstem Gesicht.

Dominik führte sie durch weitere lange Gänge, ein kahles, unfreundliches Treppenhaus und mehrere Brandschutztüren aus Metall. Dann kamen sie zu den Garderoben, wo sich die Sänger und Tänzer umzogen.

„He, nicht … hier können wir nicht stören!" Poppi packte Dominik am Ärmel.

„Mach die Augen zu, falls er nackt ist", riet Dominik ihr grinsend und öffnete die Tür.

Aber Thorsten war nicht da. Die Garderobe, an der sein Name stand, war leer.

„Er ist vermutlich im Probenraum", fiel Dominik ein.

Auf der nächsten Treppe begegnete ihnen eine stattliche und mütterlich wirkende Frau. Sie drückte Dominik sofort an sich und streichelte ihm über den Kopf. „Mein Bubi, spielst du auch wieder hier bei uns?“

Poppi konnte sich das Lachen kaum verbeißen. „Bubi! Das muss ich mir merken“, raunte sie Dominik zu und erntete dafür einen giftigen Blick.

„Lotta, haben Sie Thorsten Tempinsky gerade gesehen?“, erkundigte sich Dominik.

Die Frau nickte. „Er ist auf der Bühne. Das Bühnenbild für heute Abend steht schon und Thorsten übt noch ein bisschen. Das macht er immer vor großen Premieren.“

Die beiden Knickerbocker bedankten sich und gingen weiter in Richtung Bühne.

„Wer war denn die Dame, Bubi?“, fragte Poppi spöttisch.

„Lotta, die für alle Kostüme zuständig ist. Sie kennt wahrscheinlich jedes Kostüm, das jemals von einem Sänger oder Tänzer getragen worden ist“, erklärte Dominik.

An der Tür, die zur Bühne führte, stand in riesigen Buchstaben: *Zutritt für Unbefugte verboten.* Über der Tür befand sich eine rote Lampe, die während der Vorstellung zur Warnung leuchtete.

So leise wie möglich zog Dominik die Tür auf und bedeutete Poppi mit einer Handbewegung, ihm zu folgen. Bereits nach ein paar Schritten standen sie vor der kahlen Rückseite der Kulisse, die die italienische Stadt Verona darstellen sollte.

Auf der Bühne herrschte ein kaltes, ungewöhnliches Licht. An den Wänden und hoch über ihnen auf dem Schnürboden brannten zahlreiche Neonröhren.

Sie hielten die Luft an und hörten das Geräusch von schnellen leichten Schritten und Sprüngen. Geduckt schlichen die beiden Freunde bis zu einem Torbogen, durch den sie auf die freie Bühnenfläche blicken konnten.

Thorsten trug einen dicken grauen Trainingsanzug und hatte sogar gestrickte Stulpen über die Beine gezogen. Er summte die Musik, zu der er am Abend tanzen würde, und probte offensichtlich die einstudierten Bewegungen. Doch er schien nicht bei der Sache zu sein. Immer wieder stolperte er, blieb stehen, schimpfte leise und begann noch mal von vorn.

Und dann ging alles sehr schnell.

Auf dem Schnürboden über ihnen ertönte ein Geräusch, das an das Reißen von Stoff erinnerte. Dort oben hingen zahlreiche weitere Kulissenteile, die während der Vorstellung an Seilen heruntergelassen werden konnten.

Thorsten bekam nichts davon mit.

Dominik hob den Kopf und schrie warnend: „Pass auf!"

Doch es war zu spät.

Ein Teil eines düsteren Bogenganges krachte auf die Bühne. Obwohl er nur aus Holzlatten und bemalter Leinwand bestand, war er schwer und wuchtig. Er traf Thorsten an der rechten Schulter und schleuderte ihn zu Boden. Die Dekoration kippte um und begrub ihn unter sich.

Für den Bruchteil einer Sekunde war es auf der Bühne totenstill.

„Oh mein Gott!", flüsterte Poppi und schlug die Hände vor das Gesicht.

Vom Schnürboden kam das Geräusch flüchtender Schritte.

„Das war diese Klara! Sie hat ihn umgebracht!", stieß Poppi hervor.

Dominik reagierte schnell: „Du kümmerst dich um ihn und ich schnapp mir Klara."

Vor und nach den Vorstellungen, in denen er selbst mitgewirkt hatte, war Dominik oft herumgestrolcht und hatte das Opernhaus erkundet. Er kannte die verschiedenen Aufgänge, die Bühnenversenkungen und die Leitern, die sonst nur Bühnenarbeiter benutzen durften.

Obwohl Dominik alles andere als sportlich war, turnte er jetzt so schnell wie möglich eine Leiter hoch. Er wusste, dass es vom Schnürboden nur einen einzigen Ausgang gab, und wollte ihn unbedingt vor Klara erreichen. Und seine Chancen standen nicht schlecht. Klara musste nämlich über mehrere schmale, schwankende Stege balancieren, von denen einige Sackgassen bildeten. Dominik hörte, wie sie leise schimpfend immer wieder stehen blieb, weil sie umkehren musste.

„Dominik, er lebt noch!“, kam von unten Poppis Schrei.

Ich juble später, dachte ihr Kumpel und kletterte Sprosse für Sprosse weiter. Erst jetzt wurde ihm bewusst, was er tat: Er war kurz davor, eine Mörderin zu stellen. Aber was würde geschehen, wenn sie ihn angriff?

Ganz oben angekommen, beging Dominik einen schweren Fehler: Er warf einen Blick auf die Bühne, die ungefähr fünfzehn Meter unter ihm lag. Sofort musste er nach dem Geländer greifen und sich mit beiden Händen festklammern.

Er war nicht schwindelfrei.

Alles um ihn herum begann sich zu drehen. Er

hatte das Gefühl, vom harten Bühnenboden magisch angezogen zu werden. Es war, als würden seine Füße immer weiter nach vorn rutschen. Außerdem bekam er keine Luft mehr.

Wieso hatte er das getan? Was brachte es, wenn er Klara den Weg abschnitt?

Die Tür, durch die die Frau gehen musste, lag direkt hinter ihm.

Rechts hörte er jemanden über einen der Stege trampeln. Er drehte den Kopf in diese Richtung und versuchte, Klara ausfindig zu machen, konnte aber nichts erkennen.

War sie in Deckung gegangen? Oder täuschte er sich nur?

Die Schritte waren verklungen.

Mutig fasste Dominik einen Entschluss: Er drehte sich kurz nach hinten und schätzte die Entfernung zur offenen Tür. Es mussten ungefähr drei Meter sein. Das würde er schaffen. Er wollte das Geländer loslassen, die erleuchtete Türöffnung genau anpeilen und losrennen. Hatte er erst wieder festen Boden unter den Füßen, war er in Sicherheit. Und Klara würde er ganz einfach auf dem Schnürboden einschließen, bis die Polizei sie holen kam.

Im Stillen zählte er bis drei, dann stürmte er los, den Kopf gesenkt wie ein angreifender Stier. Doch er kam nicht bis auf den Gang hinaus. Dominik prallte gegen ein Hindernis, das plötzlich aufgetaucht war. Hände packten ihn. Eine legte sich sofort über seinen Mund, die andere krallte sich in seinen Nacken und drückte seinen Kopf nach unten, sodass er nicht sehen konnte, mit wem er es zu tun hatte. Konnte das Klara sein? Er traute ihr so viel Kraft nicht zu.

„Loslassen!", keuchte er.

Aber der Angreifer dachte nicht daran, sondern drückte die Finger noch fester in Dominiks Haut. Es tat höllisch weh.

Hinter ihm krachte es erneut und dann noch einmal und noch einmal. Poppi brüllte aus Leibeskräften, doch Dominik konnte ihr nicht zu Hilfe kommen.

DAS DIAMANTENGESICHT

Die Hand löste sich von seinem Mund. Dominik zögerte keine Sekunde und stieß einen Schrei aus. Doch wer sollte ihn hier oben hören?

Die andere Hand, die seinen Nacken wie eine große Zange umklammert hielt, drückte seinen Kopf noch tiefer. Das Einzige, was Dominik erkennen konnte, waren verdreckte Sportschuhe und eine ausgefranste Jeans.

Bisher hatte der Unbekannte, der ihn festhielt, kein einziges Wort gesprochen. Dominik hörte nur ein schweres Atmen. Er wurde unsanft von der Tür weggezerrt. Als er nicht schnell genug ging, bekam er einen Tritt.

„Hilfe!", stieß er hervor.

Keine Antwort. Keine Reaktion. Nichts.

Jetzt machte sich Angst in Dominik breit. Wer war das? Wer versuchte mit aller Macht zu verhindern, dass er sein Gesicht sah?

Vor ihm wurde eine Tür aufgerissen. Mit einem weiteren Tritt wurde Dominik in einen stockfinsteren Raum befördert. Er stolperte nach vorn und prallte gegen etwas Hartes. Als er sich umdrehte, knallte die Tür bereits zu, der Schlüssel wurde von außen zweimal herumgedreht.

Fluchend tastete Dominik sich in die Richtung, in der er die Tür vermutete. Er trommelte mit den Fäusten dagegen und schrie „Aufmachen!“, aber nichts geschah.

Poppi stand zitternd auf der Bühne und lehnte sich gegen den Rahmen eines Portals. Sie spürte den Stoff des riesigen Vorhangs an ihrer Seite und starrte mit aufgerissenen Augen nach oben in das Halbdunkel, von wo immer weitere Dekorationsteile herabstürzten.

Holz splitterte, Stoff zerriss, Gips zersprang in tausend Splitter.

Thorsten lag mit verdrehten Armen und Beinen unter dem künstlichen Gewölbebogen. Die Umrisse seines Körpers drückten sich durch die Leinwand. Die anderen herunterfallenden Kulissenstücke waren hinter oder neben ihm aufgeprallt, hatten ihn also zum Glück nicht getroffen.

Noch nicht.

„Aufhören!“, presste Poppi hervor. Nachdem sie tief Luft geholt hatte, schaffte sie einen Schrei: „Aufhören!“

Sie starrte ängstlich nach oben, von wo immer noch schwere Kulissenteile herabstürzten. Die Seile, an denen sie hingen, wurden anscheinend mit einem Messer durchgeschnitten.

Im Schein einer Neonröhre sah Poppi, wie sich eine dunkle Gestalt über das Geländer des Steges beugte und auf die Bühne heruntersah.

Die Gestalt trug eine Maske. Eine Maske, die funkelte und glitzerte.

Poppi beobachtete starr vor Schreck, wie sich die Augenlöcher der Maske in ihre Richtung wandten.

War das wirklich Klara?

Erst jetzt erkannte Poppi, dass die Seile nicht durchgeschnitten, sondern mit einer Zange durchgezwickt wurden. Schon machte sich die Gestalt mit der Maske über ein weiteres Tragseil her. Es riss und die Mauer eines Palastes sackte halb nach unten und wurde nur noch vom Seil auf der anderen Seite gehalten.

Poppi atmete schwer. Die Mauer hing direkt über Thorsten. Wenn sie abstürzte, würde sie ihn zweifellos erschlagen.

Entschlossen begann Poppi, sich zur Seite zu bewegen. Den Rücken presste sie dabei fest gegen die Wand. Auf einmal aber war nichts mehr hinter ihr und sie stürzte zu Boden.

Von oben kamen Geräusche eines Kampfes.

Am ganzen Körper bebend, richtete sich Poppi mühsam auf. Sie stand vor einem Pult mit vielen Knöpfen, Schaltern und Hebeln. Von hier aus wurde am Abend der Vorhang geöffnet und die Schauspieler wurden zu ihrem Auftritt auf die Bühne gerufen. Es gab auch einen roten Knopf mit dem Vermerk *Alarm.* Ohne lange zu überlegen, drückte Poppi ihn.

Eine Sirene heulte auf und rote Drehlichter setzten sich in Bewegung.

Der Kampf auf dem Schnürboden hörte plötzlich auf und jemand flüchtete. Poppi sah Beine in hellen Jeans. Jemand lief gleich hinterher. Mehr konnte sie aber nicht erkennen.

Das Licht auf dem Schnürboden erlosch. Eine Tür fiel zu.

Die Palastwand schwankte wie ein Pendel hin und her. Dabei gab die Halterung knarrende Laute von sich. Wahrscheinlich war das Seil zu schwach, um auf Dauer die schwere Wand zu tragen. Es würde reißen und dann wäre Thorsten tot.

Wie unter Hypnose bewegten sich Poppis Beine ganz von allein zu der Stelle, wo der Tänzer lag. Ihre Hände stemmten das Dekorationsteil in die Höhe, unter dem er begraben war. Woher sie plötzlich so viel Kraft hatte, war ihr völlig unklar.

Poppi wusste kaum, wie sie das schwere Ding zur Seite gezogen und wieder abgelegt hatte. Danach packte sie Thorsten unter den Achseln und zerrte ihn aus dem Gefahrenbereich. Der Tänzer war allerdings bedeutend schwerer, als sie vermutet hatte, und bewegte sich nur langsam vom Fleck.

Da riss das Tragseil mit einem hohen *Pling* wie die Saite einer Geige, die zu stark gespannt worden war. Die Wand donnerte wie ein Fallbeil in die Tiefe, traf auf der Bühne auf, blieb kurz auf einer Ecke stehen und kippte dann nach hinten.

Sie hatte Thorsten um eine Handbreit verfehlt.

Der Portier tauchte neben Poppi auf und starrte abwechselnd auf sie und den Tänzer.

„Was hast du getan?“, fragte er aufgebracht.

„Polizei … einen Krankenwagen“, war das Einzige, was Poppi herausbrachte.

„Und du hast dich nicht einmal aus dieser Abstellkammer befreien können?“, fragte Axel verächtlich.

Dominik sprang wütend auf und schleuderte ein Kissen nach ihm. „Nein, habe ich nicht, Mister Obercool. Ich bin nämlich kein Schmalspur-Krimineller wie du!“

„He, he, he, hört auf!“ Lilo stellte sich zwischen die beiden Streithähne und hob beschwichtigend die Hände.

Die Knickerbocker-Bande hatte sich im Tierheim Binder getroffen, wo die vier ein Geheimquartier eingerichtet hatten. Vor dem Fenster grasten zwei Lamas, ein Zwergpony und eine Kuh, denen Frau Binder allen das Leben gerettet hatte. Poppi hatte zwei Kaninchen auf ihrem Schoß sitzen, die sie wie verrückt streichelte.

Während Poppi noch immer sehr geschockt und still war, hatte sich bei Dominik die Aufregung in Gereiztheit verwandelt.

„So, und jetzt bitte alles langsam und der Reihe nach“, bat Lilo Dominik. „Was ist genau geschehen, nachdem Poppi den Alarm ausgelöst hat?“

„Ich habe mitgekriegt, dass zwei Personen den Schnürboden verlassen haben und nach unten geflüchtet sind“, schilderte Dominik die Ereignisse.

„Haben sie ihn gemeinsam verlassen oder nacheinander?“, fragte Lilo.

„Nacheinander, mit einigem Abstand!“

„Und wer hat dich aus dieser Abstellkammer gelassen?“, wollte Axel wissen.

„Ein Polizist, er hat mein Klopfen gehört.“

Lilo ging neben Poppi in die Knie und kraulte die Kaninchen hinter den Ohren. „Geht es dir besser?“, erkundigte sie sich.

„Ein bisschen“, antwortete Poppi leise.

„Hast du noch etwas von Thorsten Tempinsky gehört?“

Stumm schüttelte Poppi den Kopf.

„Er wurde ins Krankenhaus gebracht. Der Notarzt schien sehr besorgt zu sein und hat ihn sofort an so einen Tropf gehängt“, berichtete Dominik. „Die Premiere von *Romeo und Julia* wurde abgesagt, es wird stattdessen eine Oper gespielt.“

„Ihr seid sicher, dass diese Klara auf dem Schnürboden war?“, meldete sich Axel zu Wort.

Poppi zuckte mit den Schultern.

„Nein, sicher sind wir nicht, weil wir sie nicht gesehen haben“, sagte Dominik. „Aber sie hat Morddrohungen gegen Thorsten ausgestoßen.“

Lilo hatte noch eine brennende Frage: „Diese Maske, wie hat sie ausgesehen?“

Poppi dachte kurz nach und antwortete dann: „Wie ein normales Gesicht, aber aus Diamanten."

Axel sprang auf. „Ein Diamantengesicht? Davon habe ich schon einmal gehört. Klar … das Diamantengesicht. Das war eine ganz heiße Story, vor ungefähr fünf Jahren oder so. Damals kam auch jemand ums Leben. *Mord in der Oper* lautete die Schlagzeile."

Lilo sah Dominik fragend an. „Meinst du, du kannst mehr darüber herausfinden?"

„Kein Problem", antwortete Dominik. „Erstens habe ich meine Quellen im Opernhaus, zweitens habe ich auch Zugang zum Zeitungsarchiv."

Lilo verschränkte die Hände hinter dem Kopf und blickte zur Decke. „Könnte sein, dass die Knickerbocker-Bande einen neuen Fall zu lösen hat. Seid ihr dabei?"

Axel streckte den Daumen in die Höhe, Dominik murmelte „natürlich", nur Poppi ließ sich mit der Antwort Zeit. Schließlich aber nickte auch sie zustimmend. Sie wollte unbedingt erfahren, wer das Attentat auf Thorsten Tempinsky verübt hatte.

DIE SCHRECKENS-VORSTELLUNG

Das Diamantengesicht raste vor Wut. Eigentlich hätte dieser Mittwoch der größte Glückstag seines Lebens werden sollen. Nun aber war er zu einer einzigen Katastrophe geworden. Es gab drei Augenzeugen. Gleich drei! Zuerst war da nur Thorsten Tempinsky gewesen, der ohne Weiteres hätte beseitigt werden können. Aber dann waren auch noch diese Kinder aufgetaucht! Ob Thorsten überleben würde, stand nicht fest. Das Diamantengesicht hoffte es nicht. Falls er wieder zu sich kam, würde er vielleicht reden, und Thorsten wusste viel zu viel.

Das Diamantengesicht fragte sich, was der Junge und das Mädchen tatsächlich gesehen hatten. Würden die beiden es bei einer zweiten Begegnung wiedererkennen? Konnten sie der Polizei vielleicht sogar genauere Angaben machen?

Außerdem war da noch jemand. Dieser Jemand würde sicher nicht zur Polizei gehen und auch nicht verraten, was er im Opernhaus mitbekommen hatte. Allerdings hatte das Diamantengesicht mit diesem Jemand ganz andere Pläne verfolgt. Und die waren von Thorsten Tempinsky und den beiden Kindern durchkreuzt worden! Der Zorn des Diamantengesichtes darüber war grenzenlos.

Was tun? Das war die große Frage. Ein falscher Schritt und die Arbeit vieler Jahre war in größter Gefahr. Bisher war dieser Mittwoch ein Unglückstag gewesen, aber das Diamantengesicht war wild entschlossen, ihn doch noch zu einem Glückstag zu machen. Ganz egal, um welchen Preis. Ganz egal, mit welchen Mitteln. Das Diamantengesicht war eiskalt, hatte diese Kälte aber immer perfekt verstecken können.

In den Abendnachrichten kam ein kurzer Bericht über den Unfall in der Oper. Darin hieß es: „Aus noch ungeklärter Ursache sind Dekorationsteile auf die Bühne gestürzt und haben den dort probenden Balletttänzer Thorsten Tempinsky schwer verletzt."

Die Knickerbocker-Bande hatte sich vor dem Fernseher versammelt und verfolgte die Sendung mit großer Spannung.

„Das lasse ich mir nicht bieten! Unerhört!", brauste Dominik auf.

Lilo und Axel sahen ihn verwundert an.

„Pssst, sei still!", zischte Poppi.

Es wurde gerade gezeigt, wie Thorsten vom Rettungsdienst aus dem Opernhaus getragen wurde. Hierzu sagte der Nachrichtensprecher: „Thorsten Tempinsky wurde sofort ins Krankenhaus gebracht und befindet sich auf der Intensivstation. Aufgrund einer Kopfverletzung ist er bewusstlos, scheint aber außer Lebensgefahr. Ob er irgendwann wieder tanzen kann, wagen die behandelnden Ärzte zurzeit noch nicht zu sagen."

Danach folgte ein längerer Bericht über eine Hundeausstellung.

Dominik war aufgesprungen und rannte wie ein gereiztes Tier im Banden-Hauptquartier herum.

„Ich habe dem Polizisten alles genau erzählt: von der Morddrohung, die diese Klara ausgestoßen hat, und von den beiden Leuten oben auf dem Schnürboden."

Poppi nickte. „Ich habe auch alles von diesem Diamantengesicht erzählt, was ich gesehen habe."

Lilo verstand. „Aber davon ist nichts in den Nachrichten gekommen. Es wird nur von einer ‚ungeklärten Ursache' gesprochen."

„Stellt euch vor, Thorsten könnte nicht mehr tanzen!" Poppi schüttelte entsetzt den Kopf. „Das wäre für ihn sicher das Schlimmste auf der Welt. Vielleicht stirbt er sogar, dann hat es diese Klara geschafft."

„Natürlich ist Klara die Hauptverdächtige", überlegte Lilo. „Allerdings bleiben da viele Fragen offen: Wer war zum Beispiel der Zweite, der, der Dominik eingesperrt hat? Und was hat diese komische Diamantenmaske zu bedeuten?"

Dominik warf einen Blick auf die Uhr. „Ich werde mich trotz der vorgerückten Stunde noch in die Zeitungsredaktion begeben", erklärte er. „Wahrscheinlich kann ich euch noch heute Abend mehr über den damaligen Fall berichten."

Er nahm sein Handy und nickte den anderen zum Abschied zu.

Als er ging, sagte Axel grinsend: „Ja, ja, Sir Dominik, ausgerüstet wie ein Topmanager."

„Mir ist etwas eingefallen", meldete sich Poppi zu Wort. Die anderen beiden sahen sie interessiert an. „Wir haben vor dem Attentat gesehen, wie Thorsten aus einem Zimmer gewankt ist. Er war ganz blass im Gesicht. Wir dachten, Klara sei in dem Raum gewesen. Aber wir konnten die Tür nicht mehr öffnen, obwohl Thorsten sie nicht abgeschlossen hatte."

„Dann muss jemand von innen abgesperrt haben", kombinierte Lilo.

Axel schnippte mit den Fingern. „Hört sich an, als hätte Thorsten etwas Schreckliches in dem Zimmer gesehen."

Lilo nickte. „Fragt sich nur, was es war."

Das Archiv der Zeitungsredaktion war für Besucher längst geschlossen. Dominik kannte aber Max Engel, einen Reporter, der schon zweimal einen Bericht über ihn geschrieben hatte. Da Herr Engel noch in der Redaktion war, wandte sich Dominik an ihn.

„Bitte, es ist sehr wichtig, ich muss Artikel lesen, die über dieses Diamantengesicht erschienen sind", erklärte er. „Vielleicht habe ich dann sogar eine heiße Story für Sie."

Der Reporter, der wie gewöhnlich eine Zigarette im Mundwinkel hängen hatte, blickte zur Decke und stöhnte. „Du und deine Sensationen! Bestimmt versuchst du mit deinen Freunden, wieder einmal schlauer als die Polizei zu sein."

Dominik hielt es für das Klügste, darauf nicht zu antworten.

Max Engel führte Dominik in das Erdgeschoss des Redaktionsgebäudes. Neben einer unscheinbaren Metalltür befand sich ein Lesegerät für Magnetkarten. Der Zeitungsreporter zog seine Karte durch, woraufhin die Tür mit einem leisen Klicken aufsprang.

In meterlangen Regalen standen alle Ausgaben der Zeitung, die in den vergangenen neunzig Jahren erschienen waren. Es war aber nicht nötig, sie zu durchforsten. Mittlerweile waren alle Artikel in den Computer eingegeben worden.

Dominik setzte sich an ein Gerät und Max Engel verriet ihm das Codewort, mit dem er Zugriff auf die Daten bekam.

AUGUSTUS tippte Dominik hastig. Ein Suchprogramm öffnete sich. Er gab den Begriff *Diamantengesicht* ein und drückte die ENTER-Taste. Sein Herz begann schneller zu schlagen, als der Computer Sekunden später zehn Berichte zu diesem Thema gefunden hatte.

Herr Engel stand hinter Dominik und blickte über seine Schulter auf den Bildschirm.

Der erste Artikel, den Dominik abrief, war sehr lang und ausführlich. Er enthielt auch das Foto einer Maske, die über und über mit Diamanten besetzt war. Ohne Zweifel war es die Maske, die Poppi beschrieben hatte.

Leise vor sich hin murmelnd las Dominik den alten Zeitungsbericht:

MORD IN DER OPER

Es begann als Sensation und endete tödlich: Zur Premiere des Balletts Der *Mann mit der Maske* trug der aufstrebende Tänzer André Fries eine mit echten Diamanten besetzte Maske, die vom Scheich von Aran zur Verfügung gestellt worden war. Dieser überaus wertvolle Gegenstand wurde trotz strengster Sicherheitsvorkehrungen gestohlen, Fries wurde ermordet.

Fries' erster Auftritt mit dem sogenannten „Diamantengesicht" erntete spontanen, tosenden Applaus, der nicht nur dem talentierten Tänzer, sondern auch dem Scheich galt, der persönlich anwesend war. Aus einer Loge verfolgte er die Vorstellung.

Zu Beginn des zweiten Aktes kam André Fries nicht mehr auf die Bühne. Die Suche nach ihm im ganzen Opernhaus blieb erfolglos. Das Publikum wunderte sich über die ungewöhnlich lange Pause.

Da Fries unauffindbar blieb, sprang sein Kollege Helmut Schwarz für ihn ein. Nach dem Pas de deux, den Helmut Schwarz mit der Hauptdarstellerin Karolin

Nastasy tanzte, ereignete sich ein grauenvoller Zwischenfall.

Aus einer Versenkung im Bühnenboden wurde ein Dekorationsteil hochgefahren. Es handelte sich um ein mittelalterliches Foltergerät, das im dritten Akt eine Rolle spielen sollte. Auf der Streckbank lag André Fries, der brutal erstochen worden war.

Mit einem Aufschrei sprangen zahlreiche Besucher von ihren Sitzen auf. Karolin Nastasy erlitt auf der Bühne einen Nervenzusammenbruch und stürzte in eine zweite, offene Versenkung.

Bei André Fries konnte der Theaterarzt nur noch den Tod feststellen.

Die Vorstellung wurde sofort abgebrochen. In Panik verließen die schockierten Zuschauer die Oper.

Erst als die Polizei eintraf, wurde das Verschwinden der Diamantenmaske entdeckt. Trotz intensiver Suche konnte sie nicht gefunden werden.

Raubmord wird nicht ausgeschlossen.

Dominik stieß einen langen Pfiff aus und drehte sich zu Max Engel um.

Der Reporter fuhr sich durch sein strubbeliges Haar und murmelte: „Ich erinnere mich wieder. Das war damals wirklich eine heiße Geschichte, die aber noch weitergegangen ist."

Mit vor Aufregung zitternden Fingern rief Dominik die anderen Artikel zu diesem Thema ab.

In vielen wurde nur wiederholt, was er sowieso schon wusste, doch ein paar berichteten von den katastrophalen Folgen dieser Vorfälle.

... Bei ihrem Sturz verletzte sich Karolin Nastasy an der Wirbelsäule und trug eine schwere Lähmung davon. Sie wird nie wieder tanzen können. Die erfolgreiche Tänzerin ist an den Rollstuhl gefesselt ...

... Trotz intensiver Spurensuche durch die Polizei konnte kein Hinweis auf einen möglichen Täter gefunden werden. Aufgrund der außerordentlich strengen Sicherheitsvorkehrungen, die am Premierenabend getroffen worden waren, scheint es rätselhaft, wie der Mörder und Dieb überhaupt in das Opernhaus gelangen konnte ...

... Es besteht der Verdacht, dass der Dieb des Diamantengesichtes die Maske im Opernhaus versteckt hat, um sie zu einem späteren Zeitpunkt abzuholen ...

„Wieso interessiert dich das alles eigentlich?“, wollte Max Engel wissen.

Dominik drehte sich auf dem Drehstuhl zu ihm

um und blickte ihn herausfordernd an. „Weil meine Freundin Poppi das Diamantengesicht heute Nachmittag gesehen hat. Es befindet sich also tatsächlich noch in der Oper!“

Alarm im Krankenhaus

Während Dominik am Computer des Zeitungsarchivs saß, erfüllte Lilo Poppi einen Wunsch und fuhr mit ihr zu dem Krankenhaus, in dem Thorsten Tempinsky lag.

„Was versprichst du dir eigentlich davon?“, fragte sie Poppi während der Busfahrt. „Thorsten liegt auf der Intensivstation und ist nicht ansprechbar.“

Poppi zuckte hilflos mit den Schultern. „Na ja, ich weiß auch nicht so recht. Es ist nur, weil … weil ich wissen will, ob es ihm schon ein bisschen besser geht.“

Lilo verdrehte die Augen. „Da hätten wir genauso gut anrufen und fragen können.“

„Am Telefon bekommt man niemals eine Auskunft. Wir gehören schließlich nicht zu seiner Familie“, sagte Poppi schnell.

Das Krankenhaus war ein uralter grauer Bau, der von außen sehr abweisend aussah. Im Inneren war dafür alles hypermodern, strahlte in Weiß, Aluminium und hellem Holz und erinnerte mehr an ein Raumschiff als an eine Klinik.

Am Empfang erkundigte sich Lilo nach der Station, auf der sich Thorsten befand.

„Dort dürft ihr aber nicht hin“, sagte die Schwester hinter der Theke streng.

„Wir müssen aber unbedingt mit dem zuständigen Arzt sprechen“, erklärte Lilo mit ernster Miene. Sie hatte die Erfahrung gemacht, dass sie einiges erreichen konnte, wenn sie sich nicht sofort abweisen ließ.

„Seid ihr beiden mit Herrn Tempinsky verwandt?“, wollte die Schwester wissen. „Gehört ihr zu der Frau, die vorhin gekommen ist?“

„Ja“, schwindelte Lilo.

„Das ist etwas anderes!“ Die Schwester beschrieb ihnen den Weg. Die Station befand sich im dritten Stock.

Lilo und Poppi nahmen den Lift.

„Ich finde es trotzdem irgendwie doof“, meinte Lilo.

„Dann warte unten, ich gehe allein", gab Poppi beleidigt zurück.

Das wollte Lilo aber auch nicht. „Übrigens ist eine Frau bei ihm", bemerkte sie.

„Vielleicht diese Klara, aber die hat doch wahrscheinlich versucht, ihn umzubringen. Sie steckt hinter dem Attentat!", rief Poppi aufgebracht.

Der Aufzug blieb mit einem Ruck stehen. Vor ihnen lag ein Gang, der an einer Milchglastür endete. Wer dort hineinwollte, musste klingeln.

Der Flur war menschenleer. Hinter der Glastür war ganz leise das hohe Piepsen von Überwachungsgeräten zu hören, an die die Patienten angeschlossen waren.

„Und jetzt?", fragte Lilo.

Poppi zuckte mit den Schultern. „Ich trau mich nicht zu klingeln", gestand sie.

Lilo ging es ähnlich. Sie fürchtete Ärger, wenn sich herausstellte, dass sie mit Thorsten Tempinsky überhaupt nicht verwandt waren.

Durch das Milchglas sahen sie verschwommen, wie jemand auf sie zukam. Die Tür wurde geöffnet und eine Krankenschwester in hellblauer Tracht und weißem Häubchen trat heraus. Poppi fiel die starke Brille auf, die die Augen der Frau eulenhaft vergrößerten.

Als die Schwester die beiden Knickerbocker bemerkte, erschrak sie und schüttelte tadelnd den Kopf. Sie machte „Ts-ts-ts!" und eilte mit gesenktem Kopf zum Lift, der sich noch immer auf ihrem Stockwerk befand. Dann stieg sie ein und fuhr hinunter. An der Anzeige über der Tür konnte Lilo ablesen, dass der Aufzug erst im Erdgeschoss haltmachte.

Poppi hatte die Tür zur Krankenstation am Zufallen gehindert. „Gehen wir rein?"

Lilo zögerte noch immer.

Plötzlich wurde auf der Station eine Tür aufgestoßen. Aus dem Zimmer kam ein durchdringender, lauter Alarmton, der durch Mark und Bein ging. Eine Frau stürzte aus dem Raum und presste die Hände vor das Gesicht. Ihr langes schwarzes Haar flatterte, als sie mit großen Schritten über den Gang auf Lilo und Poppi zulief. Ohne die beiden auch nur anzusehen, eilte sie hinaus und die Treppe hinunter.

Poppi rang nach Luft. „Das war Klara!"

Türen wurden aufgerissen und Krankenschwestern und Pfleger hasteten zu dem Zimmer, aus dem Klara gekommen war.

„Schnell, holen Sie den Doktor!", rief eine aufgebrachte Stimme.

Der durchdringende Alarmton brach ab. Danach herrschte Stille.

„Oh nein!", flüsterte Poppi und wurde schneeweiß im Gesicht. „Das bedeutet …" Sie sprach nicht weiter, sondern drehte sich um und stolperte zur Treppe.

Lilo lief ihr nach, da sie Angst hatte, Poppi könnte stürzen. Aber erst auf der Straße holte sie die Freundin ein.

Poppi warf sich ihr an die Brust und begann zu weinen. „Lilo, er ist … tot … er ist tot!"

Lilo hatte sich schon etwas Ähnliches gedacht, es aber nicht wahrhaben wollen.

„Wir müssen sofort zur Polizei … diese Klara … sie muss in Thorstens Zimmer etwas angerichtet haben. Vielleicht hat sie ein lebensnotwendiges Gerät abgeschaltet oder so", sagte Lilo.

Eine Stunde später wussten die beiden mehr.

Die gute Nachricht lautete: Thorsten Tempinsky war noch am Leben. Laut Aussage des Arztes war er sogar auf dem Wege der Besserung.

Die schlechte Neuigkeit war aber, dass tatsächlich jemand an den Geräten herumgepfuscht hatte. Allerdings war nur ein Instrument, das die Herztöne überwachte, falsch angesteckt worden. Das hatte den Alarm ausgelöst und die Schwestern beinahe auf eine falsche Spur geführt. Zum Glück hatte eine rechtzeitig erkannt, dass der Patient gar keinen Herzstillstand hatte, sondern nur die Kontakte vertauscht worden waren. Eine verkehrte Behandlung hätte durchaus gefährlich werden können.

Grimmig schlug Poppi die rechte Faust in die linke Handfläche: „Diesmal ist Klara aber dran! Jetzt ist klar, dass sie hinter allem steckt!"

Die Beweise waren eindeutig.

Am Donnerstag, auf dem Weg zur Schule, traute Dominik seinen Augen nicht. Er sah sich selbst auf dem Titelblatt der *Morgenpost*. Es war ein altes Foto, das nach der Lösung des Falles „Der unsichtbare Spieler"* von ihm und seinen Freunden gemacht worden war. Herr Engel, der Reporter, hatte damals darüber berichtet.

Die heutige Schlagzeile lautete: *SIND SIE DEM DIAMANTENGESICHT AUF DER SPUR?*

Dominik versuchte zu lesen, was sonst noch unter dem Bild stand, musste dazu aber wilde Verrenkungen machen. Außerdem befand sich die Hälfte des Berichtes hinter dem Mittelknick. Er kramte also Geld aus der Tasche und kaufte die Zei-

---

* Siehe Krimiabenteuer Nr. 48: „Der unsichtbare Spieler"

tung. Hastig überflog er die paar Zeilen unter dem Foto.

„Wieso habe ich bloß meinen Mund nicht halten können?", schimpfte er mit sich selbst.

Herr Engel hatte alles, was Dominik ihm erzählt hatte, sofort zu einem Artikel verarbeitet. Der Reporter berichtete von den Beobachtungen der Knickerbocker-Bande und ließ anklingen, dass die vier bestimmt Nachforschungen in Sachen „Diamantengesicht" anstellen würden. *Da die vier Mitglieder der Bande nicht zu unterschätzen sind, kann vielleicht schon bald mit neuen Erkenntnissen gerechnet werden*, lautete der letzte Satz.

Dominik las den Bericht noch zweimal durch. Er war sehr reißerisch geschrieben, aber zwischen den Zeilen klang leichter Spott durch. Herr Engel schien sich über den Spürsinn der Knickerbocker-Bande lustig zu machen und das gefiel Dominik ganz und gar nicht.

Vor der Schule erwarteten ihn schon die anderen. Lilo hielt ebenfalls die *Morgenpost* in der Hand. Alle drei blickten Dominik ungeduldig entgegen.

„Es tut mir leid", hob Dominik zu einer Entschuldigungsrede an.

Axel verzog das Gesicht. „Was hast du denn ausgefressen?"

„Äh … seid ihr nicht sauer wegen des Berichtes auf der Titelseite?", fragte Dominik verwundert.

Poppi schüttelte den Kopf. „Es geht um Thorsten und diese Klara. Auf Seite zehn steht schon ein Artikel über den Vorfall im Krankenhaus."

„Na und?" Dominik verstand Poppis Aufregung nicht.

„Klara behauptet, dass vor ihr eine Krankenschwester im Zimmer gewesen sei. Klara hat das Zimmer erst betreten, als die Schwester gegangen war. Und da ist dieser Alarmton losgegangen. Klara sagt, die Krankenschwester habe an den Geräten herumhantiert, und sie sei nur davongelaufen, weil sie sich so erschrocken hätte", erklärte Lilo.

Dominik verstand es noch immer nicht ganz.

Axel deutete auf Lilo und Poppi. „Die beiden haben gesehen, wie eine Schwester mit großer Brille weggegangen ist. Klaras Beschreibung passt genau auf diese Frau. Aber im ganzen Krankenhaus gibt es niemanden, der so aussieht!"

„Es hat sich also jemand eingeschlichen und versucht, Thorsten umzubringen", sagte Lilo leise.

Poppi war sich nicht so sicher. „Genauso gut könnte Klara auch lügen. Vielleicht macht sie mit dieser falschen Krankenschwester ja sogar gemeinsame Sache."

KAROLIN NASTASY

In der großen Pause entwickelte die Knickerbocker-Bande einen Plan. Dominik sollte in die Oper gehen und sich dort umhören und umsehen. Lilo wollte ihn begleiten. Axel und Poppi hatten vor, dem Scheich von Aran einen Besuch abzustatten. Der Scheich besaß eine riesige, streng bewachte Villa am Stadtrand und die beiden Detektive wollten versuchen, an ihn heranzukommen.

„Das schafft ihr nie!", lästerte Dominik.

„Wetten, doch?", fragte Axel herausfordernd.

Dominik nickte. „Um was wetten wir?"

Axel nannte einen kleinen Geldbetrag. Dominik verdreifachte den Einsatz.

Lilo und Poppi tippten sich an die Stirn.

„Ihr spinnt ja!“, sagte Lilo. „Das ist euer gesamtes Taschengeld von diesem Monat!“

„Na und, ich gewinne“, sagten beide Jungen wie aus einem Mund und schlugen voller Erwartung ein. Die Wette galt.

Es war kurz nach drei Uhr, als Dominik und Lilo sich am Bühneneingang des Opernhauses trafen. Dominik war stolz, den Portier wie einen alten Freund begrüßen zu können.

„Guten Tag, Berni“, sagte er lässig.

Der Portier kam sofort aus seiner kleinen Kabine gestürzt und baute sich vor den beiden Knickerbockern auf. Sein Bulldoggen-Gesicht wirkte an diesem Tag grimmig, sein Unterkiefer zitterte heftig, als würde er im nächsten Augenblick zuschnappen oder losbellen.

„Du hast doch nichts dagegen, wenn ich meiner Freundin ein bisschen das Haus zeige“, sagte Dominik und wollte weitergehen.

Der Portier streckte ihnen seine fleischige Hand entgegen und schüttelte energisch den Kopf.

„Hier könnt ihr nicht rein. Bühnenfremden ist der Zutritt strengstens verboten!“, schimpfte er.

Dominik verdrehte die Augen. „Aber Berni, ich bin es, Dominik Kascha. Ich bin doch nicht bühnenfremd.“

Doch der Portier kannte keine Gnade. „Raus da, ihr habt hier nichts zu suchen!"

„Was ist denn geschehen? Ist es wegen gestern? Haben Sie etwa Ärger bekommen, weil Sie Dominik und Poppi ins Haus gelassen haben?", wollte Lilo wissen.

Berni schluckte heftig und nickte kurz.

„Tut mir leid, das wollte ich natürlich nicht!", sagte Dominik schnell.

„Der Direktor hat mir die Hölle heißgemacht", berichtete Berni hinter vorgehaltener Hand. „Er hat gedroht, mich rauszuwerfen, wenn ich euch noch einmal ins Haus lasse. Er denkt, ihr hättet euch nur wichtigmachen wollen und deshalb behauptet, das Diamantengesicht gesehen zu haben."

„Aber wir haben es wirklich gesehen!", beteuerte Dominik.

Berni legte ihm die Hand auf die Schulter. „Du weißt, Dominik, ich glaube dir alles. Aber ich habe meine Anweisungen."

Lilo grinste breit. „Sie haben nur die Anweisung erhalten, Dominik und Poppi nicht mehr reinzulassen. Von mir kann der Direktor nicht geredet haben, da er mich nicht kennt, oder?"

„Äh … klingt logisch", sagte der Portier gedehnt.

„Ich bin Lilo Schroll von der Schülerzeitung *TOP* und möchte einen Bericht über das Ballett schreiben. Dafür darf ich doch rein. Vielleicht habe ich sogar einen Termin bei jemandem, der mir interessante Sachen erzählen kann“, schlug Lilo vor.

Berni lächelte anerkennend. Er drohte scherzhaft mit dem erhobenen Zeigefinger und sagte: „Ihr seid mir welche! Aber natürlich ist das jetzt etwas ganz anderes. Ich werde dich bei Madame Nastasy anmelden. Sie empfängt dich sicher und hat viel zu erzählen.“

„Nastasy?“ Dominik verzog fragend das Gesicht. „Das ist doch die Tänzerin, die seit dem Bühnenunfall vor fünf Jahren gelähmt ist.“

Berni nickte bedauernd. „Die Arme, das Tanzen war ihr ganzes Leben.“

Er telefonierte kurz und hob dann den Daumen. „Sie empfängt dich. Du findest sie im Erdgeschoss, Zimmer 233. Na ja, und wenn du danach noch einen kleinen Umweg machst, hast du dich bloß verirrt, habe ich Recht ...?“ Er zwinkerte Lilo verschwörerisch zu.

„Natürlich, ich habe den Ausgang nicht gefunden“, flüsterte Lilo und zwinkerte zurück.

Das Zimmer von Karolin Nastasy hatte sie schnell gefunden. Lilo fragte sich, welche Aufgabe die ehemalige Tänzerin heute an der Oper hatte. Auf dem Türschild stand *Ballett-Betreuung*, aber was sollte das sein? Lilo klopfte.

Die Antwort war ein zartes „Herein“.

Hinter der Tür lag ein schmaler Raum, der nur mit einem winzigen Schreibtisch und einem kleinen Schrank eingerichtet war. Auf einem Regalbrett standen zwei Fernseher: Auf einem lief das normale Fernsehprogramm, auf dem anderen konnte man das Geschehen auf der Bühne verfolgen.

Die Wände des Zimmers waren gepflastert mit Fotos, die Karolin Nastasy in ihren verschiedenen Tanzrollen zeigten. Manche Bilder waren schon stark ausgebleicht, andere hatten hässliche Risse oder Knicke.

Auf Lilo machte die Kammer einen sehr bedrückenden und traurigen Eindruck.

Die Tänzerin saß in steifer, aufrechter Haltung in ihrem Rollstuhl und blickte Lilo ernst entgegen. Das dunkle Haar hatte Frau Nastasy straff zurückgebunden und zu einem Knoten hochgesteckt. Sie trug eine blassgrüne Wollweste und hatte eine dicke Decke über den Beinen.

„Du bist das Mädchen von der Schülerzeitung, das mit mir sprechen möchte, nicht wahr?“, fragte sie kühl.

Lilo nickte eifrig und kramte in ihrer Jackentasche. Zum Glück fand sie tatsächlich einen Kugelschreiber und einen kleinen Notizblock.

Gedankenabwesend blickte Frau Nastasy durch das schmutzige Fenster hinaus auf die Straße. „Ich bin auch noch jung und trotzdem ein Krüppel. Ich bin zu nichts mehr zu gebrauchen. Muss hier mein

Gnadenbrot fristen. Ich darf höchstens auf die Ballettratten aufpassen, zu denen ich vor gar nicht so langer Zeit auch einmal gehörte. Mein Leben ist verpfuscht!"

Lilo war über die bitteren Worte der Tänzerin sehr betroffen.

„Aber … aber Sie dürfen so etwas nicht sagen!"

Karolin Nastasy funkelte sie böse an. „ICH darf das sagen, weil es MEIN Leben und die Wahrheit ist. Und falls du denkst, ich hätte dich nicht erkannt, so irrst du dich. Du gehörst zu diesen jungen Schnüfflern, die sich bei dem schrecklichen Unfall unseres lieben Thorsten wichtiggemacht haben."

„Das war nicht ich, sondern meine Freundin Poppi, und sie hat sich überhaupt nicht wichtiggemacht! Wahrscheinlich verdankt Thorsten Tempinsky ihr sogar sein Leben. Er hätte auch noch Stunden schwer verletzt auf der Bühne liegen und sterben können", gab Lilo zurück.

Frau Nastasy starrte sie mit weit aufgerissenen Augen ein paar Sekunden an, seufzte dann tief und drehte den Kopf weg. Mit tränenerstickter Stimme sagte sie: „Es tut mir leid, ich wollte nicht so grob sein. Aber du musst verstehen, dass die Erinnerungen an das schreckliche Ereignis vor fünf Jahren äußerst schmerzlich für mich sind."

„Das ist mir klar", sagte Lilo verständnisvoll.

„Wenn ich denjenigen in die Hände bekomme, der André ermordet hat, kann ich für nichts mehr garantieren. Mich hat er nicht umgebracht, aber er hat mein Leben zerstört."

Wieder traten ihr Tränen in die Augen, die sie hastig fortwischte.

Hilflos trat Lilo von einem Bein auf das andere. „Äh … eine Frage … also … haben Sie irgendeinen Verdacht, wer das getan haben könnte?"

Stumm schüttelte Frau Nastasy den Kopf. Ihre Bewegungen waren anmutig und elegant.

„Halten Sie es für möglich, dass sich die Diamantenmaske noch immer im Opernhaus befindet?", forschte Lilo weiter.

Wieder schüttelte Frau Nastasy den Kopf.

„Meine Freunde sind absolut sicher, dass jemand versucht hat, Thorsten Tempinsky zu verletzen", sagte Lilo. „Sie haben sogar zwei Leute oben auf dem Schnürboden beobachtet!"

„Jetzt reicht's aber! Raus, verschwinde!", brauste Frau Nastasy auf. „Sogar die Polizei hat festgestellt, dass es ein Unfall war, weil die Tragseile der Bühnenbildteile gerissen sind. Der Direktor hat größten Ärger bekommen, weil die Sicherheitsvorkehrungen nicht streng überwacht worden sind."

„Ich wollte Sie nicht aufregen“, sagte Lilo entschuldigend. „Alles Gute, auf Wiedersehen.“

Sie verließ das Zimmer und zog die Tür hinter sich zu. Frau Nastasy tat ihr leid. Auf der anderen Seite konnte Lilo nicht verstehen, wieso Dominiks und Poppis Aussagen überhaupt kein Glaube geschenkt wurde.

Natürlich nutzte Lilo die Gelegenheit, sich im Opernhaus umzusehen. Statt zum Ausgang ging sie in Richtung Garderoben.

WENN DIE LEUTE WÜSSTEN …

Ein grässlicher grüner Kopf schob sich langsam um die Ecke.

Erschrocken blieb Lilo stehen und sah sich nach einem Fluchtweg um.

Der Kopf pfiff eine fröhliche Melodie, während er sich weiterbewegte und ein schuppiger Körper sichtbar wurde. Lilo erkannte zwei dicke Arme, die den Körper hielten und einer stattlichen Frau mit roten Backen gehörten.

Jetzt musste Lilo über sich selbst lachen. Sie war vor einem Theaterkostüm erschrocken.

Die Frau bemerkte Lilo und musterte sie überrascht.

„Suchst du jemanden?", fragte sie hilfsbereit.

„Äh … na ja, ein guter Freund von mir gibt immer so an, dass er hier schon Theater gespielt hat", sagte Lilo ausweichend. „Ich wollte wissen, ob das alles stimmt, was er behauptet."

„Wie heißt denn dein Freund?"

„Dominik. Dominik Kascha."

„Ach, mein Bubi!" Beinahe hätte die Frau Lilo umarmt. Zum Glück war das Drachenkostüm zwischen ihnen. „Ich bin sicher, jedes Wort ist wahr!", versicherte sie Lilo. „Richte ihm von seiner Lotta schöne Grüße aus."

„Oh ja, Ihren Namen hat er oft erwähnt!", erinnerte sich Lilo. „Er scheint Sie sehr zu mögen."

Lotta lächelte geschmeichelt. „Das freut mich."

„Schreckliche Sache, dieser Unfall von Thorsten …", sagte Lilo und wartete dann gespannt auf Lottas Reaktion.

„Fürchterlich!", jaulte sie auf. „Entsetzlich!"

„Kennen Sie vielleicht eine Klara?", erkundigte sich Lilo. „Sie soll etwas mit Thorsten Tempinsky zu tun haben."

„Klara? Natürlich! Das muss eine schlimme Person sein. Sie bereitet ihm großen Kummer."

Lilo horchte auf.

„Ich bringe ihm immer sein Kostüm und er war manchmal ganz niedergeschlagen. Wenn ich ihn nach dem Grund gefragt habe, hat er mir immer den Namen Klara genannt."

„Was sagen Sie dazu, dass das Diamantengesicht wieder gesehen wurde?", fragte Lilo weiter.

Lotta hob ungläubig die Augenbrauen. „Das Diamantengesicht? Aber das wurde doch gestohlen!"

„Es scheint sich noch immer im Opernhaus zu befinden!"

„Das halte ich für ein Gerücht", meinte Lotta kopfschüttelnd. Auf einmal wirkte sie sehr erschrocken und wich einen Schritt zurück.

Lilo bemerkte, dass Lotta auf einen Punkt hinter ihr starrte. Sie drehte sich um und blickte in ein hochrotes Gesicht.

„Wie kommst du hier herein?", tobte der Besitzer des Gesichtes.

Der Mann war kleiner als Lilo. Alles an ihm wirkte schlaff und faltig. Auf seinem Kopf, der an eine vertrocknete Kartoffel erinnerte, klebten nur noch wenige schwarze Haare.

„Herr Direktor, das Mädchen ist eine Freundin von unserem Dominik", setzte Lotta zu einer Verteidigung an.

„Egal, Kinder haben hier nichts zu suchen und junge Wichtigtuer schon gar nicht!", schrie der Mann, bei dem es sich um den Direktor des Opernhauses handeln musste. Er packte Lilo unsanft am Arm und zerrte sie Richtung Bühnenausgang.

„Aua, Sie tun mir weh!" Lilo riss sich los.

„Wissen Sie, wo diese Klara wohnt?", rief sie Lotta hastig zu.

„Ja, natürlich. In der Wohnung von Thorsten. Sie ist doch seine Freundin!", lautete die überraschende Antwort.

„Jetzt reicht es endgültig!" Der Direktor stieß Lilo unsanft vor sich her. Als sie bei Berni ankamen, gab es für den Portier ein Donnerwetter.

„Er kann nichts dafür", log Lilo. „Ich habe mich reingeschlichen. Kommt nicht mehr vor, ich verspreche es."

Mit diesen Worten verließ sie das Opernhaus.

Auf der Straße wurde sie von Dominik schon ungeduldig erwartet.

„Hast du eine Ahnung, wo Thorsten wohnt?", fragte ihn Lilo.

„Nein, aber Berni weiß das sicher!"

Sobald der Direktor wieder gegangen war, holte Dominik den Portier aus seiner Kabine und fragte ihn nach der Adresse.

Mit einem tiefen Seufzer verriet Berni sie. „Aber ihr habt sie nicht von mir", schärfte er den beiden Knickerbockern ein. „Der Direktor hat mir schon wieder mit einer Kündigung gedroht, wenn er euch noch einmal hier erwischt." Bedauernd und entschuldigend hob er seine breiten Schultern.

„Sie sind schwer in Ordnung", sagte Lilo zu ihm.

Berni lächelte dankbar.

Das Diamantengesicht hielt die millionenschwere Maske in den zitternden Händen und starrte auf die funkelnden Edelsteine. Durch das Fenster fielen helle Sonnenstrahlen, die die Diamanten wie weiße Leuchtfeuer aufblitzen ließen.

Was war jetzt zu tun? Das Diamantengesicht zitterte halb vor Wut, halb vor Aufregung. Niemals hätte es gedacht, dass Kinder zu einem ernsthaften Problem werden könnten. Diese vier Spürnasen, die sogar schon auf dem Titelblatt einer Zeitung zu sehen waren, gingen eindeutig zu weit.

Große Sorgen bereitete dem Diamantengesicht aber auch Thorsten Tempinsky. Er durfte unter keinen Umständen wieder zu sich kommen. Unverzeihlich war der Fehler, der dem Diamantengesicht im Krankenhaus unterlaufen war. Jetzt waren alle alarmiert und Thorsten wurde sicher bewacht. Es war unmöglich, an ihn heranzukommen.

„Ich werde mir etwas anderes einfallen lassen müssen", sagte das Diamantengesicht seufzend zu sich selbst und trat ans Fenster. Die Maske drückte es wie eine Puppe an die Brust und streichelte liebevoll darüber.

Wenn die Leute wüssten, was vor fünf Jahren tatsächlich geschehen war … Aber nur zwei Personen kannten die Wahrheit, und wenn es nach den Plänen des Diamantengesichtes ging, sollte es bald nur noch eine sein.

Das Geheimnis musste ein Geheimnis bleiben. Um jeden Preis!

DIE WEISSE VILLA

„Woher weiß Dominik eigentlich, dass der Scheich hier in der Stadt wohnt?“, fragte Axel, während er und Poppi auf ihren Fahrrädern einen Hügel hinaufstrampelten.

Poppi hob den Zeigefinger und sagte oberlehrerhaft, wie Dominik es manchmal tat: „Ich weiß nicht, ob er hier wohnt. Ich weiß nur, dass er eine Villa in unserer Stadt besitzt. Und dieses Wissen habe ich aus dem Zeitungsarchiv. Bei meinen Recherchen bin ich auf einen Bericht gestoßen, in dem unter dem Foto des Gebäudes sogar die Adresse stand: Geißenweg 14.“

„Du kannst unseren Alleswisser echt gut nachmachen.“ Axel lachte.

Keuchend und ziemlich außer Atem erreichten sie endlich den Geißenweg. Es handelte sich um eine schmale Straße ganz oben auf der Kuppe des Hügels. Von hier aus musste man einen herrlichen Blick auf die Stadt haben.

„Hier wohnen sicher nur sehr reiche Leute", stellte Axel fest, als sie an hohen Zäunen vorbeifuhren, von denen die meisten so gebaut waren, dass man keinen Blick auf das Grundstück dahinter werfen konnte.

Von der Nummer 14 war nur eine Einfahrt mit zwei dicken Betonpfeilern und einem hohen Tor dazwischen zu sehen. Es gab weder ein Namensschild noch einen Briefkasten.

Erst nach längerem Suchen entdeckte Axel den Klingelknopf.

„Soll ich?" Axel sah Poppi fragend an.

„Du bist doch Mister Obercool", sagte Poppi achselzuckend.

Axel schnitt ihr eine Grimasse und drückte den Knopf.

Die beiden rechneten mit lautem Hundegebell, mit dem Knacksen einer Gegensprechanlage oder mit dem Summen einer Überwachungskamera, die auf sie gerichtet wurde.

Aber nichts geschah. Stattdessen surrte ein elektrischer Öffner und eine Tür, die in das große Tor eingebaut war, sprang auf.

Überrascht sahen sich die Knickerbocker an. Sie traten ein und standen nun auf einem gekiesten Zufahrtsweg, der zu einer schneeweißen Villa mit vielen Türmchen und Erkern führte. Irgendwie erinnerte sie an eine Torte mit viel Zuckerguss.

Zu sehen war weit und breit niemand. Auch die Villa wirkte verlassen. Alle Fensterläden waren geschlossen.

„Die Eingangstür steht offen", fiel Poppi auf.

„Sieht aus, als würden wir erwartet", murmelte Axel.

„Aber es kann doch keiner wissen, dass wir kommen", meinte Poppi.

Axel gab ihr mit dem Kopf ein Zeichen, ihm zu folgen. Mit langsamen, zögernden Schritten gingen sie den Weg zum Haus hinauf. Der weiße Kies knirschte unter ihren Sportschuhen.

Schließlich hatten sie das Haus erreicht. Sie blickten durch die Tür in eine abgedunkelte Halle. Ein muffiger Geruch schlug ihnen entgegen.

„Sollen wir rufen?", fragte Poppi flüsternd.

Axel antwortete nicht und steckte den Kopf in die Halle. Auf Zehenspitzen schlich er hinein.

Poppi wartete sicherheitshalber draußen auf ihn.

Sie hörte nur noch, wie sich Axels Schritte langsam entfernten.

Dann war es auf einmal völlig still. Verdächtig still.

Poppi warf einen Blick in die Halle, konnte Axel aber nirgends sehen. Ihr Herz begann heftig zu pochen. Was war mit Axel geschehen?

Auf dem Weg zum Dänenplatz, wo sich Thorsten Tempinskys Wohnung befand, fragte Lilo Dominik: „Traust du dieser Klara zu, dass sie tatsächlich versucht hat, Thorsten umzubringen?"

Dominik schwieg. Das Thema war ihm zu heiß. Jemandem einen Mord zu unterstellen, war eine sehr heikle Sache.

Inzwischen waren die beiden Knickerbocker bei der Adresse angekommen, die ihnen Berni verraten hatte. Dänenplatz Nummer vier war ein altes, heruntergekommenes Mietshaus. An vielen Stellen bröckelte bereits der Verputz ab. Die Fensterrahmen und das Haustor wirkten morsch und rissig. Es gab keine Klingelknöpfe neben der Tür, die nicht abgeschlossen war. Lilo und Dominik betraten einen düsteren Flur, in dem es nach vollen Mülleimern stank.

„Eigentlich hätte ich gedacht, dass sich ein Ballettstar eine Wohnung in einem besseren Haus leisten kann“, bemerkte Dominik.

Lilo stimmte ihm zu.

An der Wand entdeckten sie ein Brett mit den Türnummern, unter denen verschmierte Schildchen mit den Namen der Mieter klebten. Thorsten Tempinsky und Klara Larsen wohnten im obersten Stockwerk.

Als die beiden Knickerbocker auf die Treppe zugingen, wären sie beinahe mit einer gebückten Frau zusammengestoßen, die sich erschrocken aufrichtete. Drohend schwang sie einen nassen Putzlappen, mit dem sie gerade die Stufen gewischt hatte.

„Ihr wohnt hier nicht, verschwindet!“, fauchte die Frau.

„Wir wollen zu Klara Larsen“, erklärte Lilo ruhig und gelassen.

„Die ist nicht da!“, bekam sie zur Antwort.

„Woher wissen Sie das?“

Die Frau stemmte eine Hand in die Seite. „Ich bin hier die Hausmeisterin. Ich weiß alles.“

„Sehr gut“, sagte Lilo so leise, dass nur Dominik es hören konnte. Laut sagte sie: „Diese Klara Larsen und dieser Thorsten Tempinsky … die sind schon ein komisches Paar, finden Sie nicht auch?“

Das wirkte wie ein Stich in ein Wespennest. Die

Hausmeisterin nickte heftig. Ihre Augen funkelten aufgeregt. Nachdem sie sich vergewissert hatte, dass auch bestimmt niemand zuhörte, winkte sie die beiden näher.

Verschwörerisch flüsterte sie: „Ich könnte euch Sachen über das Paar erzählen, da würdet ihr aus dem Staunen nicht mehr rauskommen. Ein paarmal wollte ich sogar schon die Zeitung anrufen. Von der Presse wird dieser Thorsten Tempinsky immer so gelobt, dabei ist er ein ganz zwielichtiger Kerl!"

„So? Wie kommen Sie darauf?", erkundigte sich Lilo interessiert.

Die Hausmeisterin lehnte sich an die Wand und stützte sich auf einen Besen, der dort stand. „Mindestens dreimal in der Woche haben sich die beiden angebrüllt, dass es im ganzen Haus zu hören war. Aber alle, die hier wohnen, arbeiten tagsüber. Der Tempinsky und die Larsen haben immer am frühen Nachmittag gestritten und nur ich habe es mitbekommen!"

Dominik wusste, warum Thorsten um diese Zeit zu Hause war. Die Proben endeten meistens gegen zwei Uhr am Nachmittag. Bis zur Vorstellung am Abend oder bis zur nächsten Probe waren zwei, drei Stunden Pause.

Lilo gab sich sehr erstaunt. „Was Sie nicht sagen! Gebrüllt und gestritten? Das hätte ich diesem netten Herrn Tempinsky nie zugetraut. Aber worüber haben die beiden sich denn gestritten?“

„Na ja, so ganz habe ich das nie verstanden. In der Wohnung dort oben hat früher ein Trompeter gelebt. Der hat sie schalldicht machen lassen. Deshalb kann man höchstens hören, was in der Diele gesprochen wird.“

Lilo war klar, dass sie es mit einer geübten Türlauscherin zu tun hatte.

„Die Larsen hat dem Tempinsky vorgeworfen, dass er ein Mistkerl ist und dass sie einmal auffliegen lässt, wer er wirklich ist!“ Vielsagend blickte die Hausmeisterin die Knickerbocker an.

„Was soll denn das bedeuten?“, wunderte sich Dominik.

„Sie hat ihm auch gesagt, dass sie über alle seine dreckigen Geschichten Bescheid weiß. Das hat ihn immer ganz besonders aufgeregt. Er hat dann gebrüllt, dass sie spinnt und dass er sie verlassen wird.“

„Was er aber bisher nicht gemacht hat“, ergänzte Lilo.

„Ganz richtig!“ Die Hausmeisterin klopfte mit dem Besen bestätigend auf den Boden. „Überhaupt scheint mir, dass Klara Larsen bei denen das Sagen hat. Obwohl sie Herrn Tempinsky wirklich nicht gut behandelt, frisst er ihr aus der Hand."

„Interessant", murmelte Lilo und knetete ihre Nasenspitze. Ein Zeichen, dass sie nachdachte.

In einem der oberen Stockwerke wurde eine Tür geöffnet. Sofort machte sich die Hausmeisterin wieder an die Arbeit und gab den beiden zu verstehen, dass sie verschwinden sollten. Lilo bedankte sich für die Auskunft und trat mit Dominik auf die Straße.

„Ich kann es nicht glauben … Thorsten scheint tatsächlich irgendein schmutziges Geheimnis zu haben", überlegte Dominik laut.

Lilo nickte. „Und Klara kennt es und erpresst ihn damit. Aber offensichtlich wehrt er sich jetzt dagegen und deshalb hat sie die Morddrohung ausgestoßen."

Viele Fragen blieben jedoch offen: Warum wohnte Thorsten noch immer mit einer Frau zusammen, die ihn zweifellos fertigmachen wollte? Welches dunkle Geheimnis hatte der Tänzer? Steckte Klara tatsächlich hinter dem Anschlag, der auf der Bühne stattgefunden hatte?

„Haben die beiden vielleicht etwas mit dem Diamantengesicht zu tun?", grübelte Lilo.

Aber Dominik reagierte nicht. Als Lilo ihn ansah, bemerkte sie den erschrockenen Blick ihres Freundes.

„Was hast du?"

„Da ist was ganz Komisches …", antwortete Dominik leise.

„Was denn?", wollte Lilo wissen.

„Während ich vor der Oper auf dich gewartet habe, ist mir ein Mann aufgefallen. Er trug einen braunen Hut, auf den ein Vogel gemacht hat."

„Na und?"

„Der Mann stand gerade eben dort drüben und hat zu uns hergestarrt. Als ich ihn bemerkt habe, ist er schnell weggelaufen, mit gesenktem Kopf, als wollte er sein Gesicht verstecken!"

Lilo stieß einen langen Pfiff aus.

„Frag mich nicht, ob ich mir sicher bin", sagte Dominik schnell. „Ich bin nämlich absolut sicher und nicht blöd. Das war derselbe Mann und er hat uns beobachtet."

„Ich glaube dir", versicherte ihm Lilo. „Aber wer ist der Typ und wieso verfolgt er uns?"

NEUGIER IST GEFÄHRLICH

Aus der weißen Villa am Stadtrand drang ein gellender Schrei. Poppi, die noch immer am Eingang der Halle stand, stockte das Blut in den Adern.

Hals über Kopf kam Axel aus einem der angrenzenden Räume gestürzt. Er war weiß wie die Wand und zog Poppi am Arm mit sich.

„Hau ab, renn, so schnell du kannst!“, drängte er keuchend.

„Was ist?“, wollte Poppi wissen.

„Keine Fragen, weg! Schnell!“

Aus dem Zimmer, aus dem Axel gekommen war, näherten sich trampelnde Schritte. Poppi zögerte nicht lange, sondern befolgte die Anweisung ihres Freundes und nahm die Beine in die Hand.

Axel war ein geübter Sprinter, der schon mehrere Male bei sportlichen Wettbewerben gesiegt hatte. Bald hatte er einen großen Vorsprung gewonnen, während Poppi Mühe hatte, nicht hinzufallen. Wenn sie Angst hatte, wurde ihr Körper immer steif und unbeweglich.

Ein Blick über die Schulter ließ jedoch auch Axel fast stolpern. Zwei Gestalten waren aus der weißen Villa gekommen und nahmen die Verfolgung auf. Es waren junge Männer in Jeans und schwarzen T-Shirts, die nicht so aussahen, als würden sie mit den beiden unerwünschten Besuchern sanft umgehen, falls sie sie erwischten.

Jetzt war Axel klar, wieso sie so problemlos eingelassen worden waren. Man hatte nicht sie, sondern jemand anderen erwartet. Deshalb war beim Klingeln einfach der Türöffner betätigt worden, ohne dass kontrolliert wurde, wer eigentlich draußen stand.

Was die Männer in der Villa taten, hatte Axel auch begriffen, als er sie gesehen hatte. Die Männer hatten die Alarmanlage ausgeschaltet und waren dabei, in aller Ruhe das Haus auszuräumen. In Kisten verpackt warteten bereits Bilder, Teppiche und wertvolle Uhren auf den Abtransport.

Poppi bekam nicht nur Seitenstechen, sondern

rang auch nach Luft. Sie hatte das Gefühl, die Augen würden ihr gleich aus dem Kopf springen.

„Halt sie auf, Markus!“, rief jemand hinter ihr.

Die knirschenden Schritte auf dem Kies wurden lauter und schneller und kamen in rasendem Tempo näher.

Axel hatte schon fast das Tor erreicht, doch Poppi war noch ein großes Stück davon entfernt.

Das Tor wurde von außen geöffnet und ein Mann in einem weißen Arbeitsoverall mit roter Aufschrift betrat das Grundstück. Er hatte eine weiße Baseballkappe tief in die Stirn gezogen und eine schwere Werkzeugtasche umgehängt.

„Hilfe!“, keuchte Poppi.

Axel drehte sich um und zischte warnend, aber Poppi bemerkte ihn vor lauter Aufregung nicht.

„Hilfe! Helfen Sie uns!“, wiederholte sie.

Der Mann im weißen Overall schlug die Tür hinter sich zu und lehnte sich dagegen.

„Schnapp dir die Kinder, Oliver!“, bellte einer der beiden Verfolger.

Axel schlug einen Haken und hechtete auf den weißen Holzzaun zu. Er streckte sich und bekam den unteren Ast eines Baumes zu fassen, an dem er sich in die Höhe zog.

„Poppi, schrei!“, kommandierte er.

Ohne lange zu fragen warum, brüllte Poppi wie am Spieß.

Der Typ im Overall hatte eigentlich Axel zurückziehen wollen, jetzt aber musste er sich um Poppi kümmern, denn seine Komplizen hatten sie noch nicht erreicht.

„Lauter!“, schrie Axel und begann selbst zu brüllen. Beim Klettern war das eine Meisterleistung, für die er sich selbst bewunderte.

„Was soll der Krach?“, schimpfte eine Stimme vom Nachbargrundstück.

Axel gelang es, die Füße auf die Oberkante des Zaunes zu schwingen.

„Holen Sie die Polizei, hier sind Einbrecher!", rief er dem ungehaltenen Nachbarn zu.

„So etwas habe ich mir schon gedacht!", antwortete der Mann, den Axel durch das Gebüsch aber nicht sehen konnte.

„Er ruft die Polizei!", schrie Axel aus Leibeskräften, um die Diebe in die Flucht zu schlagen.

Es wirkte. Der Typ im Overall, der Poppi am Pulli gepackt hatte, ließ sie los. Die anderen Männer zögerten noch einen Augenblick.

„Haut ab, über die andere Seite!", befahl ihnen der Mann im Overall und deutete auf das Ende des Grundstücks, das von der Straße am weitesten entfernt war. So schnell sie konnten, ergriffen die drei die Flucht.

Völlig außer Puste stand Poppi auf dem Kiesweg. Als sie endlich wieder normal atmen konnte, ließ sie sich einfach zu Boden sinken.

Axel kletterte vom Baum herunter und ging zu ihr hin. Auch er bekam kaum Luft und sein Herz raste wie verrückt.

In der Ferne ertönten Polizeisirenen, die sich mit großer Geschwindigkeit näherten.

„Tja, der Herr Scheich scheint ausgeflogen zu

sein“, stellte Axel trocken fest. „Fragen können wir ihn also nicht. Aber wenigstens habe ich die Wette gewonnen, denn schließlich war ich in der Villa. Armer Dominik, nächsten Monat bekomme ich sein gesamtes Taschengeld!“ Bei dieser Vorstellung rieb er sich freudig die Hände.

Es war bereits halb sieben, als die Knickerbocker-Bande wieder in ihrem Hauptquartier versammelt war. Alle hatten etwas zu erzählen und zu Beginn redeten die vier Mitglieder gleichzeitig und wild durcheinander.

„He, langsam und der Reihe nach“, rief Lilo und hob beschwichtigend die Hände.

Es klopfte an der Tür und die vier Freunde fuhren erschrocken herum. Frau Binder, eine zierliche alte Dame mit rosigem Gesicht, streckte den Kopf herein.

„Da ist jemand für euch am Telefon“, sagte sie. „Der Herr hat heute schon zweimal angerufen, aber ihr wart nicht hier.“

„Um welchen ‚Herrn‘ handelt es sich?“, wollte Lilo wissen.

Frau Binder hob ratlos die Hände. „Seinen Namen hat er nie genannt. Er meinte nur, es sei sehr wichtig.“

„Aber es weiß doch keiner, dass wir hier sind und dass wir unser Hauptquartier im Tierheim haben!“, gab Dominik zu bedenken.

Lilo zuckte mit den Schultern und folgte Frau Binder in ihre Wohnung. Auch dort wimmelte es von Tieren. Drei Katzen beschnupperten gerade den Hörer, den Frau Binder neben das Telefon gelegt hatte.

„Hallo?“, meldete sich Lilo.

Am anderen Ende der Leitung blieb es still.

„Schon aufgelegt“, sagte Lilo enttäuscht.

„Hör mir gut zu“, meldete sich eine tiefe, raue Stimme.

„Wer sind Sie?“, fragte Lilo forsch.

„Eure Neugier kann euch gefährlich werden. Ich will nicht, dass euch etwas zustößt.“

„Wer sind Sie?“, wiederholte das Superhirn der Bande stur.

„Macht euch nicht wichtig, sondern macht lieber eure Hausaufgaben und spielt mit euren Puppen und Autos“, riet der Unbekannte.

„Das bedeutet dann wohl, wir haben einen Volltreffer gelandet und sind auf einer superheißen Spur“, stellte Lilo trocken fest. Sie konnte das Erstaunen und Stutzen des anderen spüren, obwohl er nichts sagte.

„Neugier kann tödlich sein“, warnte sie der Anrufer. Danach legte er auf.

Lilo blieb noch eine Weile mit dem Hörer in der Hand stehen und überlegte.

„Etwas Schlimmes?“, erkundigte sich Frau Binder, die einem verlassenen Hundewelpen gerade sein Fläschchen gab.

„Na ja, nicht gerade sehr lustig. Aber irgendwie auch sehr interessant!“, antwortete Lilo. Sie kehrte zu den anderen zurück, um ihnen von dem Anruf zu berichten.

Axel, Poppi und Dominik hörten ihr gebannt zu, als sie das Gespräch wiederholte.

„Vielleicht war das der Mann mit dem Vogeldreck auf dem Hut“, fiel Dominik ein.

„Oder es waren die Einbrecher aus der Villa des Scheichs“, meinte Axel. „Die sind auch nicht gerade gut auf uns zu sprechen.“

„Meint ihr, dass die Diebe etwas mit den Vorfällen in der Oper zu tun haben könnten?“, wollte Poppi wissen.

„Gut möglich“, sagte Lilo. „Das war bestimmt kein Zufall.“

„Ich glaube, dass du Recht hast“, sagte Dominik zu ihr. „Dank Poppis Autogramm-Sammelwut sind wir auf etwas gestoßen, was unter den Teppich gekehrt werden soll. Es geht um Dinge, über die der Mantel des Schweigens gebreitet wird."

„Auf jeden Fall müssen wir äußerst vorsichtig sein, wenn wir weitere Nachforschungen anstellen", fügte Lilo hinzu.

WIE PASST DAS ALLES ZUSAMMEN?

Am Freitag blieb der Knickerbocker-Bande keine Zeit für weitere Nachforschungen, obwohl sie nur zu gerne etwas unternommen hätte. Doch Dominik hatte Fechtunterricht, Axel Sporttraining und Lilo Querflötenstunde. Die Eltern der Detektive hätten niemals erlaubt, dass sie stattdessen auf Spurensuche gegangen wären. Sie waren von den kriminalistischen Ambitionen ihrer Kinder ganz und gar nicht begeistert.

Poppi verbrachte den Nachmittag im Tierheim und machte sich nützlich. Am Vormittag waren drei Kartons abgegeben worden. In zweien befanden sich Katzenbabys, in einem ein junges Hängebauchschwein. Alle Tiere waren von gewissenlosen

Menschen ausgesetzt worden und brauchten dringend Hilfe.

„Poppi, bist du auch sicher, dass du mit den Kätzchen allein zurechtkommst?", erkundigte sich Frau Binder.

Poppi nickte und sagte: „Sie können sich auf mich verlassen, aber das wissen Sie doch."

„Ich muss nämlich unbedingt zum Arzt. Mein Rücken wird immer schlimmer und das Bücken fällt mir schwerer und schwerer", erklärte die Besitzerin des Tierheims.

Nachdem sie gegangen war, fütterte Poppi ein Kätzchen nach dem anderen mit einer Puppenflasche. Gierig saugten die Kleinen die Spezialmilch. Sie waren völlig ausgehungert.

Poppi saß dabei im Freien unter einem Kastanienbaum und genoss die warme Sonne. Deshalb fiel es ihr sofort auf, als sich ein Schatten über sie schob. Sie hob den Kopf und erschrak.

Neben ihr stand ein hagerer Mann in einem braunen Mantel. Er hatte die Hände tief in die Taschen gebohrt und starrte Poppi finster an. Sein Kopf war kantig und knochig, sein Blick stechend.

„Gehörst du zu dieser Knickerbocker-Bande?" Der Mann sprach den Namen der Bande aus, als wäre er giftig.

Am liebsten wäre Poppi ins Haus gelaufen, aber das war unmöglich, da sie drei Kätzchen auf dem Schoß hielt. Vor Aufregung brachte sie wieder einmal keinen Ton heraus und hasste sich dafür.

„Ich habe dich was gefragt!“, schnauzte der Mann Poppi an.

Sie nickte stumm.

„Wo sind die anderen?“

Jetzt nur nicht zugeben, dass sie nicht hier sind, schoss es Poppi durch den Kopf. Sie deutete mit dem Kinn in Richtung Tierheim und murmelte: „Drinnen."

„Hol sie!", verlangte der Mann.

Was sollte Poppi jetzt machen? Sie nahm allen Mut zusammen und fragte mit piepsiger Stimme: „W-w-wer sind Sie?"

„Ich will sofort mit euch sprechen", verlangte der Mann.

Langsam setzte Poppi die Katzenbabys zurück in die Kiste und stand auf. „Ich hole nun meine Freunde!" Hoffentlich hatte der Unbekannte nicht an ihrer Stimme gehört, dass sie log. Ihr Herz hämmerte, als sie auf das Haus zuging. Kaum war sie durch die Tür geschlüpft, schlug sie diese zu und schloss ab.

Der Mann kam ihr sofort nach und rüttelte an der Klinke. „Was soll das?"

„Gehen Sie weg oder ich rufe die Polizei!", drohte Poppi durch das Fenster.

„Dann ruf die Polizei!" Der Mann blieb ruhig.

„Gut, das mache ich!", sagte Poppi starrköpfig. Das Problem war nur, dass es im Hauptquartier der Knickerbocker-Bande kein Telefon gab. Der Apparat stand in der Wohnung von Frau Binder und die befand sich ein Stockwerk höher. Dummerweise hatte Poppi ihr Handy zu Hause liegen gelassen.

Doch dann kam Poppi eine Idee. Sie ging in die hinterste Ecke des Raumes und tat so, als würde sie ein Telefon abheben, wählen und sprechen.

„Die Polizei ist in drei Minuten da!“, sagte sie laut. Als sie sich umdrehte, war der Mann nicht mehr zu sehen. Poppi lief zum Fenster und vergewisserte sich, dass er tatsächlich gegangen war. Mit einem erleichterten Seufzer ließ sie sich in einen der alten Polstersessel sinken, die Frau Binder der Bande geschenkt hatte. Sie beschloss, keinen Schritt aus dem Hauptquartier zu machen, bis Frau Binder zurück war. Vielleicht versteckte sich der Mann nur draußen.

Aber wer war er?

Um sieben Uhr traf sich die Knickerbocker-Bande zu einer dringenden Besprechung. Poppi hatte ihre Freunde sofort verständigt, nachdem Frau Binder heimgekommen war und sie sich wieder aus dem Hauptquartier getraut hatte.

„Beschreib den Mann bitte ganz genau“, bat Lilo ihre Freundin.

Poppi versuchte sich an jedes Detail zu erinnern. Ganz einfach war das allerdings nicht.

Axel schaltete schnell den Computer ein, den die Bande von seinem Vater zur Verfügung gestellt bekommen hatte, und startete ein Phantombild-Programm, das er von seinem ersparten Geld gekauft hatte. Stück für Stück setzte er nun das Gesicht des unbekannten Mannes zusammen. Poppi wählte die richtigen Teile dafür aus. Zuerst die Gesichtsform, dann die Augen, die Nase, den Mund und die Ohren und zum Schluss noch die richtige Frisur.

„Ja, genau so hat er ausgesehen", sagte Poppi zufrieden.

Lilo klopfte Axel anerkennend auf die Schulter und meinte: „Gut gemacht, Kleiner, bist ja doch zu etwas nutze."

Axel schnitt ihr dafür eine Grimasse und streckte ihr die Zunge heraus.

Dominik musterte das Gesicht auf dem Bildschirm und schüttelte den Kopf. „Der Mann mit dem braunen Hut ist das jedenfalls nicht. Das ist ein anderer, den ich aber nicht kenne."

Lilo ließ sich auf ein kleines Sofa fallen, legte den Kopf auf eine Lehne und die Füße auf die andere. Sie starrte zur Decke und knetete dabei heftig ihre Nasenspitze. „Wir werden verfolgt, wir werden gewarnt und wir bekommen geheimnisvollen Besuch und alles nur, weil Dominik und Poppi Augenzeugen eines höchst mysteriösen Unfalls im Opernhaus geworden sind und dabei das Diamantengesicht gesehen haben, das angeblich seit fünf Jahren verschwunden ist."

Die anderen drei sahen Lilo fragend an. Sie wurde immer wieder als das Superhirn der Knickerbocker-Bande bezeichnet und machte diesem Namen meistens alle Ehre. Lilo besaß die Fähigkeit, die verschiedenen Teile eines Falles wie ein kompliziertes Puzzle zusammenzusetzen, bis sie ein Bild und damit die Lösung ergaben.

„Und, was glaubst du hat das alles zu bedeuten?", wollte Dominik wissen.

Lilo drehte den Kopf von einer Seite zur anderen und seufzte tief. „Wenn ich das nur wüsste. Es passt irgendwie nichts wirklich zusammen. Einen Verdacht werde ich aber nicht los: Im Opernhaus ist ein sehr dunkles Geheimnis versteckt. Außerdem muss sich dort noch diese Diamantengesicht-Maske befinden, wenn sie in den vergangenen drei Tagen nicht weggeschafft worden ist. Leider ist es im Augenblick unmöglich, sich hinter den Kulissen umzusehen. Vor allem würde ich gern hinauf auf den Schnürboden gehen, wo Dominik überfallen wurde und Poppi das Diamantengesicht gesehen hat."

Dominik schnippte mit den Fingern. „Na ja, so unmöglich ist das nicht. Durch den Bühneneingang haben wir zwar keinen Zutritt, aber wir könnten doch eine Opernvorstellung besuchen und vom Zuschauerraum aus hinter die Bühne gelangen. Ich kenne den Weg und im Trubel einer Vorstellung werden wir kaum auffallen."

Axel verdrehte die Augen. „Oper? Nein danke!"

„Tu nicht so, ein bisschen Kultur schadet auch dir nicht. Schließlich besteht der Mensch nicht nur aus Muskeln, sondern auch aus Hirn!", sagte Lilo lachend.

„In der Oper kreischen immer alle so, und wenn jemand stirbt, liegt er mindestens zwei Stunden auf der Bühne und singt ohne Ende, dass er jetzt stirbt. Ich finde das irgendwie doof!", meinte Axel.

Dominik verzog den Mund. „Man kann an diesem Ausspruch erkennen, dass du noch nie eine Opernvorstellung besucht hast. Was du sagst, ist falsch, und ich garantiere dir, du wirst einen Abend in der Oper überleben."

„Da bin ich mir nicht so sicher." Axel seufzte.

Keiner der Knickerbocker ahnte, wie aufregend der Abend werden sollte.

WARNUNG AUS DEM JENSEITS

Dominiks Plan klappte wie am Schnürchen. Frau Monowitsch, Poppis Mutter, freute sich, als ihre Tochter den Wunsch äußerte, am Samstagabend eine Vorstellung der Oper *Die Zauberflöte* zu besuchen. Zu ihrem großen Bedauern bekam sie nur noch vier Karten, sodass die Knickerbocker-Bande ohne erwachsene Begleitung in die Oper gehen musste.

Die Freunde waren darüber sehr glücklich. Frau Monowitsch wäre eine schreckliche Aufpasserin gewesen, da sie die Knickerbocker keine Sekunde aus den Augen gelassen hätte. Sie war mit dem Hobby ihrer Tochter, Kriminalfälle zu lösen, ganz und gar nicht einverstanden.

Die Vorstellung begann um halb acht, aber die vier trafen sich bereits um sieben Uhr vor dem Opernhaus. Außen wurde es von Scheinwerfern angestrahlt und von allen Seiten kamen Leute in Abendkleidern und dunklen Anzügen.

Es herrschte eine sehr festliche, fast schon feierliche Stimmung.

Axel fühlte sich in seinem Anzug ziemlich unbehaglich und zog immer wieder am Kragen seines weißen Hemdes. „Der Schlips schnürt mir die Luft ab“, beschwerte er sich.

Dominik kam sich dagegen in seinem dunkelblauen Samtanzug wie ein kleiner Lord vor und trug stolz eine große Fliege zur Schau. „Wer schön sein will, muss leiden“, belehrte er Axel altklug.

„Dann bleibt dir ja viel Leid erspart“, gab dieser bissig zurück.

„Hört auf!“, sagte Lilo streng. „Wir sollten besser besprechen, wie wir vorgehen. Schließlich sind wir nicht zum Spaß hier.“

„Auf keinen Fall sollten wir alle gleichzeitig hinter die Bühne gehen“, erklärte Dominik. „Das wäre zu auffällig. Ich schlage vor, Lilo und ich machen den Anfang, denn ich kenne mich aus und kann sie dorthin führen, wo sie sich umsehen möchte.“

„Heißt das etwa, Poppi und ich müssen uns dieses Gedudel anhören und können nichts tun?", fragte Axel empört.

„Das entscheiden wir, sobald Lilo und ich zurück sind", antwortete Dominik.

Axel schnaubte wütend und riss Dominik eine Eintrittskarte aus der Hand. „Ich halte von deiner Idee gar nichts", knurrte er.

Die vier Knickerbocker bemerkten nicht, dass sie bei ihrer Besprechung bereits beobachtet wurden. Zwei kalte Augen starrten in ihre Richtung und verbitterte, heruntergezogene Mundwinkel zuckten verärgert.

„Diese kleinen Biester geben wohl nie auf! Sie brauchen dringend einen Denkzettel", zischte das Diamantengesicht.

Als ein Gong den Beginn der Vorstellung ankündigte, begaben sich Axel und Poppi in den riesigen Zuschauerraum. Mit den geschnitzten und vergoldeten Verzierungen an den Logen und Wänden erinnerte der Saal an ein Schloss. Die beiden Knickerbocker hatten Plätze in der vierten Reihe und konnten sogar in den tiefen Orchestergraben vor der Bühne sehen, wo die Musiker bereits Platz genommen hatten.

„Wenn ich einschlafe, weck mich bitte erst in der Pause", sagte Axel zu Poppi.

„Alter Meckerer“, erwiderte Poppi.

Dominik und Lilo hatten sich auf den Toiletten versteckt und warteten dort, bis die Vorstellung begann. Auch als sie die Musik der Ouvertüre hörten, traten sie noch nicht auf den Gang hinaus, da einige Leute zu spät kamen und von freundlichen Platzanweisern zu ihren Plätzen begleitet wurden. Die beiden wären dann bestimmt aufgefallen und hätten unerwünschte Fragen gestellt bekommen.

Eine Viertelstunde nach Vorstellungsbeginn gab Lilo Dominik durch ein Klopfzeichen zu verstehen, dass es losgehen konnte.

Ein Sänger rief gerade: „*Zu Hilfe! Zu Hilfe! Sonst bin ich verloren.*“

„Das ist Tamino“, erklärte Dominik Lilo.

Am Ende eines gebogenen Ganges, ungefähr auf der Höhe, wo im Zuschauerraum die Bühne begann, stießen sie auf eine unscheinbare Tür. Sie war gut versteckt in die rote Bespannung der Wand eingelassen und besaß keine Klinke. Nur drei dünne Linien zeigten an, wo sie sich befand.

„Und wie kommen wir da rein?“, fragte Lilo flüsternd.

Dominik legte den Zeigefinger auf den Mund. Er zog seine Freundin an die Gangwand neben der Tür und sagte ganz leise: „Ein bisschen Geduld.“

Minuten vergingen, aber nichts geschah. Die Zuschauer applaudierten begeistert und Lilo wurde unruhig. „Ist schon Pause?“

Dominik machte eine wegwerfende Handbewegung. „Aber nein, das dauert noch lange.“

Völlig überraschend wurde von innen die Tür geöffnet. Ein Mann mit einem abgewetzten Arztköfferchen kam heraus und ging mit großen Schritten den Gang hinunter.

„Guten Abend, Herr Doktor“, grüßte ihn einer der Platzanweiser.

„Das ist der Theaterarzt“, erklärte Dominik flüsternd. „Er kümmert sich um die Sänger und um Zuschauer, die ein Problem haben.“ Mit einem schnellen Griff hatte er die Tür am Rand gepackt und am Zufallen gehindert. Er gab Lilo ein Zeichen, ihm zu folgen.

Dumpf waren von der Bühne Musik und Gesang zu hören. Alle paar Meter mahnte eine rote Lampe zur Ruhe. Zahlreiche Darsteller in bunten Gewändern bewegten sich stumm oder leise plaudernd auf eine Doppelflügeltür zu, die in den Bühnenraum führte, wo Poppi vor drei Tagen das Diamantengesicht zum ersten Mal gesehen hatte.

Dominik zog Lilo in einen Nebenraum, wo verschiedene Kostüme auf einer Stange hingen.

„Die werden erst nach der Pause benötigt“, wisperte er ihr zu. „Nimm dir einen Mantel oder etwas Ähnliches und wirf ihn dir über, dann fallen wir nicht auf. In der *Zauberflöte* gibt es viele Statisten, das sind Leute, die einfach nur auf der Bühne stehen und weder singen noch tanzen.“

Dominik behielt Recht. In zwei Mänteln, die aus grünem Stoff und vielen aufgenähten Teilchen bestanden und wohl Bäume darstellen sollten, fielen die Knickerbocker überhaupt nicht auf.

Lilo wünschte sich als Erstes, den Schnürboden zu sehen, wo das Diamantengesicht und der zweite Unbekannte herumgespukt waren. Dominik überlegte kurz, welcher Weg der beste war, und ging dann voran.

Als sie in einen Seitengang einbogen, in dem sich Toiletten und Duschen befanden, hörten sie ein Geräusch hinter sich. Erschrocken drehten sie sich fast gleichzeitig um.

Karolin Nastasy fuhr in ihrem Rollstuhl auf sie zu. Sie sah sehr aufgebracht und zornig aus.

„Ihr!“, zischte sie wütend.

„Äh … ja, wir“, sagte Dominik verlegen und machte dabei ein ziemlich dummes Gesicht.

Auch Lilo fiel keine einzige Ausrede oder Begründung dafür ein, weshalb sie hier waren.

„Äh … wieso haben Sie uns bemerkt?“, fragte Dominik verwundert.

Die gelähmte Tänzerin lachte trocken auf. „Weil ich hier als Kindermädchen beschäftigt bin. Ich darf die Kinder hüten, die in den Vorstellungen auftreten. Zu etwas Besserem bin ich ja nicht mehr zu gebrauchen. Ihr seid mir auf dem Bildschirm sofort aufgefallen. Ich achte sehr darauf, dass keines meiner Schäfchen irgendwohin geht, wo es nicht sein soll. Die Gefahren in einem solchen Theater sind groß."

Mit einem tiefen Seufzer blickte sie auf ihre gelähmten Beine, die wieder mit einer Wolldecke verhüllt waren.

„Frau Nastasy, wir sind überzeugt davon, dass das Diamantengesicht im Opernhaus versteckt ist", erklärte Lilo.

„Was macht euch da so sicher?", fragte die Tänzerin kühl.

Dominik antwortete mit ernster Miene: „Unsere Freundin Poppi hat die Maske gesehen!"

„Aha, und weil so ein kleines Mädchen behauptet, etwas gesehen zu haben, muss es auch stimmen, oder wie?" Frau Nastasy starrte die Knickerbocker herausfordernd an.

„Poppi hat keinen Grund zu schwindeln oder anzugeben!", verteidigte Lilo ihre Freundin sofort.

Karolin Nastasy griff in die Räder des Rollstuhls und setzte sie in Bewegung. Sie kam ganz nahe an die beiden Detektive heran und richtete sich so weit wie möglich auf.

„Ihr könnt mich gern für verrückt erklären", wisperte sie ihnen zu, „aber gestern Nacht ist mir André im Traum erschienen."

„André?" Lilo erinnerte sich an ihr Gespräch mit der Tänzerin.

„Der ermordete Tänzer?", fragte Dominik leise.

„Ja, André hat zu mir gesprochen und mich gewarnt. Wir sollen die Vergangenheit ruhen lassen. Sonst würde noch viel, viel mehr Leid geschehen."

Lilo und Dominik starrten die Frau stumm an.

„Ihr könnt ruhig lachen und euch über mich lustig machen", sagte Frau Nastasy, „aber wenn euch etwas zustößt, werdet ihr an die Warnung denken, die ich von André aus dem Jenseits erhalten habe. Der gute André …"

„Haben Sie etwas von Thorsten Tempinsky gehört?", fragte Lilo.

„Er ist angeblich immer noch bewusstlos und nicht ansprechbar", sagte die ehemalige Tänzerin traurig. „Es ist wirklich ein Jammer. Thorsten war sicher das größte Talent, das dieses Haus in den vergangenen Jahren erlebt hat."

„Wieso wollte ihn jemand umbringen?", überlegte Lilo halblaut.

„Was hat ihn in dem Zimmer so erschreckt?", fügte Dominik hinzu. „Wer war in diesem Zimmer, das dann auf einmal verschlossen war?"

Frau Nastasy musterte ihn fragend. „Wovon redet ihr?“

Dominik fasste die Erlebnisse vom Mittwoch in ein paar Stichworten zusammen. „Wir haben der Polizei alles erzählt, aber es glaubt uns keiner.“

„Das Zimmer, von dem du redest, ist ein Lager für Noten“, erläuterte Frau Nastasy. „Ich verstehe allerdings nicht, was Thorsten überhaupt dort zu suchen hatte.“

Lilo schüttelte ungläubig den Kopf. „Ein Notenlager! Was hat Thorsten in dem Raum gewollt? Auf jeden Fall muss etwas vorgefallen sein, was ihn erschreckt hat.“

„Karolin?“, rief auf einmal jemand im anderen Gang.

Frau Nastasy wendete den Rollstuhl. „Das ist Albin Nord, der Direktor der Oper. Wenn er euch hier entdeckt, holt er bestimmt die Polizei. Seit dem Vorfall vom Mittwoch liegen seine Nerven blank. Also verschwindet besser schnell und denkt an die Warnung, die ich erhalten habe.“

Mit energischen Handbewegungen fuhr sie ihren Rollstuhl davon. Nachdenklich sahen ihr die Knickerbocker hinterher.

So unauffällig wie möglich kehrten sie in den Teil des Hauses zurück, der dem Publikum vorbehalten war. Ein Platzanweiser führte sie durch den dunklen Zuschauerraum zu ihren Plätzen, wo Poppi und Axel bereits ungeduldig warteten.

„Heute keine Touren mehr hinter die Bühne", flüsterte Lilo Axel zu.

„Super", antwortete Axel zu ihrer großen Überraschung, „ich finde die Vorstellung nämlich echt toll. Wenn nicht ganz so viel gesungen würde, wäre es noch besser, aber sonst eine coole Show."

Dominik verdrehte die Augen beim Kommentar seines Kumpels.

Lilo grinste. In Gedanken war sie aber wieder beim Diamantengesicht und bei Thorsten. Gab es zwischen den beiden eine Verbindung?

DER SUMPF WIRD TIEFER

Es war bereits nach zehn Uhr, als die Knickerbocker-Bande das Opernhaus verließ. Die Vorstellung hatte allen vieren sehr gut gefallen.

„Meine Mutter wartet mit dem Auto auf der anderen Seite der Oper, wo sich der Bühneneingang befindet", erklärte Poppi ihren Freunden. Da sie aber beim Haupteingang herausgekommen waren, mussten die Knickerbocker nun um das große Gebäude herumgehen.

Die vielen festlich gekleideten Menschen strömten zu ihren Wagen oder zur Haltestelle der Straßenbahn. Alle plauderten fröhlich über die Aufführung.

„Unser Besuch hier hatte aber eigentlich einen

ganz anderen Grund", gab Poppi zu bedenken. „Rausgefunden haben wir nichts."

Lilo nickte. „Das stimmt, aber ich sehe wirklich keine Möglichkeit, hinter der Bühne unbemerkt nach Hinweisen zu suchen. Vor allem der Direktor scheint richtig allergisch auf uns zu sein. Wir müssen uns etwas anderes einfallen lassen."

Axel blieb plötzlich stehen und streckte die Arme zur Seite, um auch seine Freunde aufzuhalten. Er deutete nach vorn zu einer Stelle, wo an der Mauer der Oper mehrere Fahrzeuge abgestellt waren. Im Schein einer Straßenlaterne erblickten sie Klara. Sie redete heftig gestikulierend auf jemanden ein und warf dabei alle paar Sekunden ihr langes schwarzes Haar über die Schulter.

„Das ist doch Lotta", stellten Dominik und Lilo fast gleichzeitig fest. Die Garderobiere lehnte an einem Auto und hörte Klara aufmerksam zu. Von Zeit zu Zeit nickte sie und sagte etwas. Worüber sich die beiden unterhielten, konnten die Knickerbocker nicht verstehen.

„Wir gehen näher ran", raunte Lilo den anderen zu. So locker und normal wie möglich marschierten sie los, versuchten dabei aber nicht zu schnell zu sein, weil sie sonst nur kurz in Hörnähe gewesen wären.

„Was soll ich denn bloß machen?", stieß Klara hervor.

„Im Augenblick gar nichts", riet ihr Lotta. „Am besten, du wartest ab und lässt einfach die Zeit für dich arbeiten."

„Heißt das, ich soll so tun, als wäre nichts gewesen? Das … das kann ich nicht. Das halte ich nicht aus. Dafür ist die ganze Sache viel zu schrecklich für mich, verstehst du das nicht?"

„Klara, ich verstehe alles, aber im Augenblick liegt Thorsten doch noch im Koma."

„Und wenn er wieder erwacht, was dann?" Klaras Stimme war schrill geworden. Sie packte Lotta an den Schultern und rüttelte sie. „Du bist schuld. Du hast Thorsten da reingetrieben."

Mit einer energischen Handbewegung befreite sich Lotta von Klaras Griff und sagte scharf: „Jetzt reicht es aber wirklich! Wie kannst du es wagen, mir so etwas zu unterstellen!"

Lotta drehte sich weg und begann, ihren Wagen aufzuschließen.

„Weil es wahr ist und das weißt du genau!", schrie Klara. In diesem Augenblick bemerkte sie die vier Knickerbocker, die aufmerksam zuhörten. Sie waren wirklich nicht zu übersehen.

„Was soll das? Geht weiter, das geht euch nichts

an!“, brüllte Klara und fuchtelte energisch mit den Händen.

Lotta drehte sich erschrocken zur Bande um. Sie schien sehr überrascht zu sein. Sie winkte Dominik zu, zwängte sich dann ächzend hinter das Lenkrad und schlug die Tür zu. Als Klara sie wieder aufreißen wollte, drückte Lotta den Knopf für die Zentralverriegelung.

„Das kannst du nicht machen. Du kannst mich nicht einfach so stehen lassen!“, schrie Klara.

Lotta startete den Motor und legte den Rückwärtsgang ein. Sie fuhr aus der Parklücke und reihte sich dann schnell in den Straßenverkehr ein. Klara blieb zurück wie ein begossener Pudel und stampfte zornig mit dem Fuß auf.

Lilo nahm allen Mut zusammen und trat auf sie zu. „Wo soll Lotta Thorsten reingetrieben haben?“, fragte sie ruhig.

Klara bekam einen knallroten Kopf, starrte Lilo einen Augenblick lang wütend an, drehte sich dann um und rannte davon.

„Wenn die nicht Dreck am Stecken hat, will ich Hannibal heißen“, murmelte Dominik.

Poppi kaute aufgeregt an ihren Fingernägeln. „Ich denke, es war doch sie, die Thorsten im Krankenhaus fast umgebracht hätte. Sie will nicht, dass er wieder aufwacht. Das hat sie doch selbst gesagt, oder?“

Axel wiegte den Kopf. „Nicht direkt, aber so ähnlich hörte es sich schon an.“

„Der Sumpf, den wir da betreten haben, wird immer zäher und tiefer“, seufzte Lilo.

Am Sonntagnachmittag sollte ein Treffen im Hauptquartier der Knickerbocker-Bande stattfinden. Die vier verabredeten sich für fünf Uhr.

Poppi war aber schon vor der Zeit im Tierheim Binder, da es Frau Binder immer schlechter ging und sie große Mühe hatte, alle Tiere zu versorgen. Poppi wollte beim Putzen der Gehege und bei der Fütterung helfen.

Sie schrubbte gerade einen Zwinger, den zurzeit ein Dackel bewohnte, der herrenlos aufgefunden worden war, als die anderen Hunde in ihren geräumigen Käfigen zu bellen begannen.

Erschrocken richtete Poppi sich auf und ging in den Garten hinaus. Suchend blickte sie sich um. Normalerweise bellten die Hunde nur aus einem Grund so laut und heftig: Jemand war ihren Zwingern zu nahe gekommen.

Weit und breit war aber niemand zu sehen.

„Ihr spinnt wohl!“, rief Poppi den Hunden zu,

die wie auf Kommando wieder verstummten. Aber als sie weiterschrubben wollte, entdeckte sie eine kleine Holzkiste im Gras. Poppi war sich sicher, dass sie vorher noch nicht dort gestanden hatte, und ging neugierig näher.

Hoffentlich hat nicht wieder jemand ein Haustier einfach hier abgeliefert, dachte sie. Das geschah leider häufig. Manchmal wurden sogar Kartons mit Tieren einfach nur über den Zaun geworfen.

Poppi stellte sich dicht neben die Kiste und lauschte. Von drinnen kam kein Geräusch. Der Deckel war mit einer Schnalle aus Messing verschlossen und eigentlich sah die Box gar nicht danach aus, als würden Tiere hineinpassen.

„Da drin hätte höchstens ein Meerschweinchen Platz", murmelte Poppi. Sie nahm die Kiste und öffnete sie.

Als sie den Deckel hob, blieb ihr die Luft weg. Sofort knallte sie ihn wieder zu, drückte die Kiste fest an sich, rannte in das Hauptquartier, verstaute sie dort unter einem Polstersessel und hastete hinauf in die Wohnung von Frau Binder. Sie musste schleunigst ihren Knickerbocker-Freunden von der Sensation berichten, die sie gerade entdeckt hatte. Wahrscheinlich stand der Fall damit vor der Aufklärung.

DAS KNOCHENGESICHT

Lilo und Axel trafen eine halbe Stunde später auf ihren Fahrrädern vor dem Tierheim ein. Die beiden Knickerbocker schleuderten die Räder einfach auf die Wiese und rannten mit Riesenschritten auf das Hauptquartier zu, vor dem Poppi sie bereits ungeduldig erwartete. Poppi hatte Dominik, der bei einer Tante zu Besuch war, leider nicht erreichen können.

„Wie konnte das eigentlich passieren?“, fragte Lilo keuchend.

„Ich habe keine Ahnung. Aber während ich hinten die Schlafbox geputzt habe, muss jemand in den Garten gekommen sein und die Kiste vor den Zwinger gestellt haben“, antwortete Poppi.

„Zeig her, ich will das Ding endlich mit eigenen Augen sehen!", verlangte Axel.

Poppi nickte mit ernster Miene und schritt feierlich durch die Tür. Sie bückte sich und hob das Holzkästchen auf.

Draußen hielt sie es den anderen beiden unter die Nase und ließ den Deckel aufklappen. Gespannt beugten sich Lilo und Axel vor.

„Na, was sagt ihr?", wollte Poppi wissen.

An den enttäuschten Gesichtern ihrer Freunde konnte sie sofort erkennen, dass irgendetwas nicht stimmte.

„Soll das ein Witz sein?" Axel klang genervt.

Poppi drehte verwundert die Kiste zu sich herum und schnappte nach Luft. „Aber ... aber vorhin lag das Diamantengesicht hier drin. Ich schwöre es!", rief sie aufgebracht.

„Und wohin ist es verschwunden?", fragte Lilo.

„Es war in diesem Kästchen. Die Holzwolle, in die es eingebettet war, ist auch noch da!", verteidigte sich Poppi.

Lilo fielen die Worte von Frau Nastasy wieder ein: „... weil so ein kleines Mädchen behauptet, etwas gesehen zu haben, muss es auch stimmen, oder wie?"

Nachdenklich sah Lilo Poppi an. Die spürte natürlich das Misstrauen ihrer Freunde und wurde ganz unruhig.

„Ihr müsst mir glauben“, verlangte sie flehend.

„Das würden wir gern, aber irgendwie klingt die ganze Sache zu verrückt“, erklärte Axel. „Das musst du selbst zugeben, Poppi.“

„Aber es war wirklich so, wie ich es sage“, erwiderte Poppi schwach.

„Na ja, vielleicht hat dir auch deine Fantasie einen Streich gespielt“, meinte Lilo. „Wir reden seit Tagen nur von diesem Diamantengesicht. Hattest du eigentlich schon einmal davon gehört, bevor du es in der Oper gesehen hast?“

„Nein“, sagte Poppi nach kurzem Zögern.

„Ehrlich nicht?“, forschte Lilo weiter.

„Nein!“ Poppi schrie fast. „Denkst du vielleicht, ich habe das alles nur behauptet, um mich wichtigzumachen?“

„Aber nein“, versuchte Lilo sie schnell zu beruhigen. In Wirklichkeit aber war ihr genau dieser Gedanke gekommen.

Die Stimmung bei der Bandensitzung war gedrückt. Poppi kauerte auf dem Sofa, die Knie ans Kinn gezogen, und starrte trübsinnig vor sich hin. Axel und Lilo berieten, was sie noch unternehmen könnten. Leider fiel ihnen nicht gerade viel ein.

Inzwischen war auch Dominik im Hauptquartier angekommen. „Ich rede mit Berni“, schlug er vor. „Es waren zwei Leute oben auf dem Schnürboden. Es können eigentlich nur Mitarbeiter des Opernhauses gewesen sein. Falls Fremde im Gebäude waren, müsste Berni darüber Bescheid wissen.“

Lilo lobte den Kumpel für diese Idee. Da sie sonst nichts zu bereden hatten, spielten sie auf dem Computer ein Krimi-Spiel, bei dem es auch um die Lösung eines Falles ging.

Bereits um sechs Uhr gingen sie nach Hause. Poppi verabschiedete sich nicht einmal. Sie war verzweifelt und sehr beleidigt, weil die anderen ihr nicht glaubten.

Familie Monowitsch bewohnte eine schicke Villa, die nicht weit vom Tierheim Binder entfernt war. Poppis Zimmer lag im ersten Stock und die Fenster gingen zum Garten hinaus. An diesem Abend hatte Poppi nicht einmal mehr Lust auf ihre Lieblingssendung im Fernsehen. Sie ging gleich nach dem Essen ins Bett.

Sie versuchte noch etwas zu lesen, aber ihre Gedanken schweiften immer wieder zu dem Holzkistchen und der Maske, die aufgetaucht und wieder verschwunden war.

Irgendwann schlief sie dann ein. Mitten in der

Nacht wurde sie von einem Geräusch geweckt. Jemand warf Steinchen gegen ihr Fenster.

Poppis Herz schlug schneller. Obwohl es kühl im Zimmer war, begann sie heftig zu schwitzen. Ihre Knie waren weich wie Butter, als sie unter der Bettdecke hervorkroch und ganz langsam in Richtung Fenster schlich. Sie drückte sich gegen die Wand und spähte vorsichtig über das Fensterbrett hinunter in den Garten. Wer auch immer dort unten war, würde sie so nicht sehen können.

Der Schreck, der Poppi durch alle Glieder zuckte, war so heftig, dass sie fast geschrien hätte. Sie spürte ein wildes Rumoren im Bauch und vergewisserte sich sofort, ob sie auch richtig gesehen hatte.

Zwischen zwei Büschen im Garten stand eine dunkel gekleidete Person mit dem Diamantengesicht. Die goldene, mit zahlreichen Edelsteinen besetzte Maske funkelte im Licht einer Taschenlampe, die die Gestalt in der Hand hielt.

Poppi spähte noch einmal in die Tiefe und beobachtete, wie der Unbekannte sich bückte und erneut ein Steinchen an ihr Fenster warf. Dann schien er sie zu bemerken und winkte ihr sogar zu. Die Hand steckte in einem schwarzen Handschuh.

Ungläubig presste Poppi die Augen zusammen, riss sie wieder auf, starrte dorthin, wo die Gestalt gestanden hatte und … sah noch immer das goldene Gesicht mit den blitzenden und funkelnden Diamanten.

Zu dumm, dass ihr Hund Puffi nicht hier war. Er war mit ihrer Lieblingstante eine Woche lang verreist. Die Tante wanderte gern, hatte aber ein bisschen Angst, allein durch die Wälder zu gehen. Da Puffi sie mochte, hatte Poppi zugestimmt, dass er sie begleitete.

Wie in Zeitlupe griff die schwarze Hand nach dem Diamantengesicht und löste es langsam von dem Kopf ab, der unter einer eng anliegenden schwarzen Kapuze steckte.

Poppi rang nach Luft.

Ein bleiches Knochengesicht mit tiefen Augenhöhlen und einem Loch anstelle der Nase kam zum Vorschein. Der Unterkiefer bewegte sich auf und ab, als wollte der Totenschädel etwas sagen.

Es war, als hätte jemand Poppi den Boden unter den Füßen weggezogen. Verzweifelt klammerte sie sich an der Wand fest, versuchte die Finger in die raue Tapete zu krallen, brach sich zwei Fingernägel ab und rutschte zu Boden.

Was jetzt? Was jetzt?

Das war ihr einziger Gedanke. Die anderen würden ihr kein Wort glauben, wenn sie ihnen von dem

Diamantengesicht im Garten berichtete. Aber es war da, daran gab es keinen Zweifel.

Ein letztes Mal wagte Poppi einen Blick in den Garten. Noch immer stand die Gestalt dort unten und winkte mit der mit Diamanten besetzten

Maske. Sie war von Kopf bis Fuß in ein wallendes schwarzes Gewand gehüllt und hatte bis auf das Knochengesicht nichts Menschliches an sich.

Warum tat sie das? Wieso kam sie zu Poppi?

DER VERFOLGER

Mit steifen Schritten, wie ein Roboter, taumelte Poppi aus ihrem Zimmer auf den dunklen Flur und tappte zum Schlafzimmer ihrer Eltern. Deren Fenster gingen auf die andere Seite des Gartens, sodass sie die Gestalt nicht sehen konnten.

Trotzdem wollte Poppi ihre Mutter unbedingt wecken. Sie musste zu ihr ins Zimmer kommen und sich das Diamantengesicht anschauen. Dann konnte sie den anderen drei Mitgliedern der Knickerbocker-Bande am nächsten Tag bestätigen, dass Poppi nicht verrückt war.

„Mama, wach auf!“, flehte Poppi und rüttelte Frau Monowitsch an der Schulter. Es dauerte lange, bis diese wirklich wach war.

„Poppilein, was ist denn?“, erkundigte sie sich besorgt.

„Komm bitte mit, schnell!“, drängte Poppi und zerrte sie an der Hand aus dem Bett.

Schlaftrunken stolperte Frau Monowitsch hinter ihr her und ließ sich zu Poppis Fenster ziehen.

„Schau mal in den Garten!“

„Ja und? Was ist dort?“

Poppi wusste sofort, was die Frage ihrer Mutter zu bedeuten hatte. Sie warf selbst einen Blick hinunter und ließ enttäuscht die Schultern sinken.

Die Stelle, wo das Diamantengesicht gestanden hatte, war leer.

„Oh nein!“, jammerte Poppi.

„Schätzchen, du hast schlecht geträumt. Komm zurück ins Bett und mach die Augen zu“, sagte Frau Monowitsch liebevoll und schob Poppi ins Bett. Sie zog die Decke hoch und küsste sie auf das Haar.

„Ich lass die Tür einen Spalt offen, damit du mich rufen kannst, wenn du wieder schlecht träumst“, sagte sie leise.

„Aber ich habe nicht geträumt“, flüsterte Poppi verzweifelt. Ihre Mutter hörte es nicht mehr. Sie war schon zur Tür hinaus.

„Ich habe das Diamantengesicht im Garten gesehen. Ich weiß es genau.“

Warum wurde sie von diesem Spuk verfolgt?

Würde das Diamantengesicht noch einmal auftauchen?

Ab sofort muss ich immer eine Kamera bei mir haben, beschloss Poppi. Wenn das Diamantengesicht noch einmal auftaucht, werde ich es fotografieren und dann habe ich einen Beweis.

Schließlich fiel Poppi in einen unruhigen Schlaf, in dem ein schrecklicher Albtraum den anderen jagte. In jedem wurde Poppi von Diamantengesichtern verfolgt.

Am nächsten Tag war Poppi sehr still. Lilo fiel das natürlich sofort auf, aber sie wusste nicht, was sie tun sollte. Irgendwie waren ihr Zweifel an Poppis Glaubwürdigkeit gekommen. Sie hoffte, dass ihre Freundin sich bald wieder beruhigen würde und nicht mehr beleidigt wäre.

Nach der Schule ging Dominik schnurstracks zum Opernhaus. Berni, der Portier, saß in seiner Kammer und schnitt gerade eine Wurst auf. Die Scheiben legte er nacheinander auf ein großes Stück Brot.

„Dominik, ich darf dich nicht mehr hereinlassen, strikte Anweisung des Herrn Direktor“, sagte er, sobald er den Detektiv sah.

„Ich will gar nicht rein, Berni“, beruhigte ihn Dominik. „Aber ich möchte dich etwas fragen.“

Der Portier streckte ihm das Wurstbrot entgegen. „Willst du auch?“

Dominik lehnte dankend ab. „Sag mal, wer war am vergangenen Mittwoch alles im Opernhaus? Weißt du das?“

Berni wiegte nachdenklich den Kopf. „Ich führe darüber nicht Buch, weil ich nur Leute hereinlasse, die ich kenne.“

„Kannst du dich genau erinnern, wer alles da war? Ich weiß nur von Lotta und Thorsten …?“

„Madame Nastasy ist immer hier. Sie verlässt das Haus erst nach der Vorstellung und kehrt am nächsten Tag als Erste wieder zurück“, begann Berni aufzuzählen. „Dann war Lotta hier und zwei der Maskenbildnerinnen, die für die Abendvorstellung alles vorbereitet haben.“

„Und sonst?“

Berni zuckte mit den Schultern. „Ich weiß es nicht genau, tut mir leid.“

„Gibt es noch einen anderen Eingang?“, forschte Dominik weiter.

„Ja, den gibt es, er führt in die Büros der Direktion. Aber man kommt bloß rein, wenn man eine Zutrittskarte mit Magnetstreifen oder einen Termin hat. Die Sekretärinnen öffnen nur dann, wenn jemand sich ausweisen kann."

Dominik strich sich über das Kinn. Dann waren die beiden Leute auf dem Schnürboden also aus dem Haus gewesen. Viele kamen nicht infrage.

„Moment, da fällt mir doch noch etwas ein!" Berni schwenkte einen Brief mit blaugelbem Briefkopf. „Unsere Klimaanlage hat ständig Störungen und deshalb sind immer wieder Handwerker dieser Firma hier. Am Mittwoch war einer im Haus, daran kann ich mich erinnern."

Dominik las den Briefkopf. Die Firma hieß *Frisch und gut* und ihr Büro befand sich ganz in der Nähe.

Dominik bedankte sich für die Auskunft und wollte schon gehen, als ihm noch ein Gedanke kam. „Sag mal, Berni, hast du je von einem geheimen Zugang ins Opernhaus gehört? Ich meine unterirdisch oder so?"

Der Portier überlegte und schmatzte schließlich mit den Lippen. „Ja, ja, davon habe ich tatsächlich schon mal was gehört. Es soll einen Gang geben, der von der Oper zu einer Werkstatt führt, wo früher Kostüme hergestellt wurden. Allerdings ist der Gang bei Straßenbauarbeiten an einer Stelle eingestürzt und seither nicht mehr benutzbar."

„Und wann war dieser Einsturz?“, wollte Dominik wissen.

„Lass mich überlegen … vor ungefähr vier Jahren“, lautete die Antwort.

Das reichte Dominik. Er verabschiedete sich und beschloss, noch einen Abstecher zu der Klimaanlagenfirma zu machen.

Vor einem Modegeschäft blieb er stehen und betrachtete einen schicken dunkelblauen Pulli. Er wollte schon weitergehen, als sein Blick auf die Glasscheibe des Schaufensters fiel, die wie ein riesiger Spiegel wirkte.

Dominik stutzte. Auf der gegenüberliegenden Straßenseite stand ein Mann in einem langen Mantel und mit einem braunen Hut. Obwohl der weiße Fleck, der von einem Vogel stammte, nicht mehr zu sehen war, handelte es sich zweifellos um den Herrn, der Lilo und Dominik zu Thorstens Wohnung verfolgt hatte.

Dominik beschloss, so zu tun, als hätte er ihn nicht bemerkt. Er schlenderte langsam weiter und warf immer wieder einen Blick in ein Schaufenster. Die Dinge dort interessierten ihn nicht, er überprüfte auf diese Weise nur seinen Verfolger.

Der Mann hatte eine Zeitung in der Hand, in der er blätterte, sobald Dominik stehen blieb.

„Na warte!“, dachte Dominik.

Völlig unvermittelt stürmte er über die Straße, schlug einen Haken und rannte direkt auf seinen Verfolger zu. Dieser war so überrascht, dass er einfach nur dastand. Dominik rempelte ihn absichtlich mit der Schulter an, sodass der Mann gegen eine Hausmauer krachte.

„Entschuldigung, das tut mir … das tut mir schrecklich leid“, stammelte Dominik. Es klang sehr echt. Dominik war eben ein guter Schauspieler.

Der Mann drückte ihn mit beiden Händen von sich. Dabei gelang es Dominik, einen Blick auf sein Gesicht zu werfen. Erschrocken wich er zurück.

POPPI IN NOT

Das Gesicht war völlig entstellt und von Narben übersät. Es sah aus, als hätte der Mann einen schweren Unfall gehabt oder wäre in ein Feuer geraten. Natürlich bemerkte er Dominiks entsetzten Blick, zog sofort den Mantelkragen hoch und den Hut tief in die Stirn. Mit einem energischen Ruck drehte er sich um und eilte mit großen Schritten davon.

Es war sein Gang, der Dominik erstaunte. Der Mann bewegte sich sehr elegant, fast springend, und die Schritte passten irgendwie gar nicht zu seinem verunstalteten Gesicht.

Dominik seufzte und ließ die Schultern sinken. Wer der Mann war und warum er ihn verfolgte, wusste er auch weiterhin nicht.

„Wenigstens bin ich ihn los und das ist auch schon sehr beruhigend", murmelte er.

Erfreut stellte er fest, dass er bereits vor dem Haus der Firma *Frisch und gut* stand. Er drückte eine Glastür auf und betrat einen großen Vorraum, in dem eine eisige Kälte herrschte. Hinter einem großen weißen Schreibtisch saß eine junge Frau, die mindestens drei Pullover übereinander angezogen hatte, aber anscheinend immer noch fror.

„Äh … geht es hier um Klimaanlagen oder um Riesentiefkühltruhen?", erkundigte sich Dominik scherzhaft.

„Haha, den Witz habe ich bestimmt schon zehnmal gehört", blaffte die Frau. „Ich werde kündigen, denn diese Firma ist eine einzige Pleite. Kann nicht einmal die eigene Klimaanlage in Schuss halten."

Dominik musste schmunzeln.

„Ich habe eine ungewöhnliche Frage, die Sie mir aber bestimmt gleich beantworten können", kam er schnell zur Sache, weil ihm selbst eiskalt war.

„Was?"

„Welcher Techniker war am vergangenen Mittwoch in der Oper?"

Die Frau tippte etwas in ihren Computer und schüttelte den Kopf. „Keiner, alle Techniker waren auf einer Großbaustelle."

„Das gibt es nicht, es war nämlich jemand im Opernhaus!“, sagte Dominik überrascht.

„Unmöglich!“

Die Sekretärin hob den Kopf und sah ihn nachdenklich an. „Also ich weiß nicht, ob es was damit zu tun hat, aber vor einer Woche wurde einem unserer Techniker sein Arbeitsanzug und sein Ausweis gestohlen.“

„Das könnte einiges erklären“, murmelte Dominik. Er bedankte sich und wünschte der Frau in Zukunft eine wärmere Arbeitsstelle.

„Das kann ich auch schon nicht mehr hören!“, rief sie ihm nach.

In Gedanken notierte Dominik aufgeregt: Am Mittwoch hat sich jemand als Klimatechniker getarnt ins Opernhaus geschlichen.

Jetzt musste die Knickerbocker-Bande noch herausfinden, wer der Unbekannte war und was er dort zu suchen gehabt hatte. Außerdem wollte er endlich wissen, was es mit der zweiten Person auf dem Schnürboden auf sich hatte.

Poppi war sehr verzweifelt. Schlimm genug, dass ihre Freunde ihr nicht mehr glaubten, noch furchtbarer war die Angst vor dem Diamantengesicht, das sie zweifellos verfolgte. Mit wem sollte sie darüber reden? Keiner nahm sie ernst. Weder ihre Detektivkollegen noch ihre Eltern.

Ob das Diamantengesicht wieder bei ihr auftauchen würde? In ihren Albträumen hatte es ständig die goldene Maske heruntergerissen und immer war dahinter eine andere Fratze zum Vorschein gekommen. Ein Totenschädel war noch das Harmloseste. Poppi hatte auch Zombiegesichter und wilde Dämonen gesehen und war jedes Mal mit einem Schrei aufgewacht.

Nachmittags saß sie in ihrem Zimmer und versuchte, ihre Hausaufgaben zu machen. Sie konnte sich aber nicht konzentrieren und kam nur sehr langsam voran. Immer wieder lehnte sie sich zurück und seufzte tief. Was sollte sie bloß tun?

Trübsinnig blickte sie hinunter in den Garten zu den Büschen, zwischen denen die schwarze Gestalt gestanden hatte. Dann runzelte sie nachdenklich die Stirn, erhob sich und ging die Treppe hinunter zu der Stelle. Auf allen vieren kroch sie über den Rasen und unter den Büschen herum und suchte jeden Zentimeter ab. Vielleicht hatte das Diamantengesicht irgendetwas verloren oder eine Spur hinterlassen.

Zu Poppis großer Enttäuschung fand sie überhaupt nichts. Mit einem tiefen Seufzer erhob sie sich und klopfte die Erdkrümel von ihrer rosafarbenen Jeans.

Da sie mit den lästigen Hausaufgaben ohnehin nicht vorankam, beschloss sie, ein bisschen spazieren zu gehen. Für diesen Nachmittag war kein Knickerbocker-Treff angesetzt und sie hatte jede Menge Zeit. Sie schlüpfte in eine Jacke und verabschiedete sich von ihrer Mutter.

„Ist dir nicht gut, Poppi? Du bist heute so blass!“, stellte Frau Monowitsch besorgt fest.

„Nein, nein, alles in Ordnung!“, schwindelte ihre Tochter.

Zuerst lief Poppi einfach kreuz und quer durch die Straßen. Als sie an einer Haltestelle vorbeikam, stoppte gerade ein Bus. Poppi überlegte nicht lange, sondern stieg ein. Sie wusste, in welche Richtung der Bus fuhr.

Viele Stationen später hielt er vor einem hohen alten Backsteinbau. Poppi zögerte kurz und stieg dann aus. Sie stand vor dem Krankenhaus, in dem Thorsten Tempinsky lag, und blickte an der düster wirkenden Fassade empor. Schließlich gab sie sich einen Ruck und trat durch das breite Tor, das bei jedem Öffnen ein Quietschen von sich gab.

Den Weg zur Station, auf der Thorsten untergebracht war, kannte Poppi noch vom letzten Mal.

Unschlüssig trat sie vor der Milchglastür von einem Bein auf das andere.

Und jetzt? Was sollte sie jetzt tun? Um zu Thorsten hineingelassen zu werden, musste sie klingeln, aber bestimmt würde die Schwester sie fortschicken. Sie war schließlich nur ein Fan und keine Verwandte.

Die Tür wurde von innen aufgestoßen und eine energische Krankenschwester stürmte heraus. Sie bewegte sich so schnell, dass sie Poppi nicht rechtzeitig sah und sie zu Boden stieß.

„Verzeih mir, Kind, das wollte ich nicht!", entschuldigte sie sich und half Poppi auf. „Aber wieso stehst du hier herum?"

„Ich wollte zu Thorsten Tempinsky", sagte Poppi wahrheitsgemäß.

„Dich schickt der Himmel! Bist du seine kleine Schwester?"

Bevor Poppi dies richtigstellen konnte, redete die Krankenschwester schon weiter. „Herr Tempinsky ist nämlich wieder zu sich gekommen und verlangt ständig nach einer Klara. Kennst du sie?"

Poppi nickte und öffnete den Mund, um zu erklären, wer sie wirklich war.

„Ich denke, dass diese Klara die Frau ist, die an den Geräten herumhantiert hat", fuhr die Schwester fort. „Die Polizei hat uns gewarnt, vorsichtig zu sein. Du bist bestimmt ein guter Ersatz. Komm nur mit, er ist gerade wach. Ich war erst vor ein paar Minuten bei ihm und da hatte er die Augen offen."

Bevor sie protestieren konnte, hatte die Schwester Poppi bereits an der Hand gepackt und zog sie auf die Station zu der Tür, aus der beim letzten Mal Klara gestürzt war. Die Krankenschwester klopfte und betrat das Zimmer. Sehr zögernd und widerstrebend folgte ihr Poppi.

„Besuch für Sie, Herr Tempinsky", trällerte die Schwester und schob Poppi an den Schultern auf das Krankenbett zu. Danach verzog sie sich schnell und schloss die Tür.

Poppi blieb wie angewurzelt stehen. Thorsten lag allein im Zimmer. Er bot einen jämmerlichen Anblick. Seine rechte Schulter war eingegipst und sein linkes Bein steckte in einem Streckverband. Das ehemals strahlende Gesicht des Tänzers war eingefallen und grau. Tiefe dunkle Ringe lagen unter seinen Augen, die müde und schwer wirkten.

Hinter dem Bett befanden sich zahlreiche Geräte, an die Thorsten angeschlossen war. Eine klare Flüssigkeit tropfte aus einem aufgehängten Plastikbeutel in einen Schlauch, der durch eine Injektionsnadel mit Thorstens Arm verbunden war.

Ganz langsam drehte der Tänzer den Kopf und musterte Poppi.

„Ich kenne dich“, sagte er heiser.

Poppi wusste nicht, was sie antworten sollte.

„Du warst … auch in der Oper, nicht wahr?“

Diesmal nickte Poppi.

„Ich muss dir etwas sagen … komm doch näher, bitte!“

Langsam setzte Poppi einen Fuß vor den anderen. Als sie das Bett erreicht hatte, griff Thorsten überraschend schnell nach ihrem Handgelenk und hielt sie so fest, dass es schmerzte.

„Aua, lassen Sie mich los!“, protestierte Poppi.

Im Gesicht des Tänzers stand auf einmal ein wilder Ausdruck. Seine Augen weiteten sich und sein Mund verzog sich bösartig.

Was war in Thorsten Tempinsky gefahren?

ES IST BETRUG!

Poppi versuchte sich aus dem harten Griff zu befreien, schaffte es aber nicht. Thorsten war nicht so schwach und krank, wie er wirkte. Er zerrte sie zu sich herab.

„Sie tun mir weh!“, beschwerte sich Poppi.

„Hör zu … in der Oper … ich habe es gesehen … deshalb sollte ich wohl sterben … ich weiß es … es ist Betrug …“

Gespannt spitzte Poppi die Ohren.

Thorsten stockte. Er atmete schwer und keuchend. Sein Griff lockerte sich und seine Hand fiel schlaff zur Seite. Ein Gerät, das bisher gleichmäßige Piepstöne von sich gegeben hatte, stieß auf einmal einen lauten Warnton aus. Nur Sekunden später flog die Tür auf und eine andere Krankenschwester stürzte herein. Sie stieß Poppi zur Seite und beugte sich über Thorsten.

„Herr Tempinsky, Sie sollen sich doch nicht aufregen“, sagte sie mahnend. Sie warf Poppi einen strengen Blick zu. „Wer bist du? Was hast du hier zu suchen? Wieso regst du ihn so auf?“

„Ich … also … ich bin … seine kleine Schwester“, schwindelte Poppi.

Die Krankenschwester wurde sofort ein bisschen freundlicher und nickte stumm. „Trotzdem musst du jetzt gehen. Dein Bruder ist noch sehr schwach.“ Mit einer heftigen Handbewegung scheuchte sie Poppi aus dem Zimmer.

Um weitere Fragen zu vermeiden, verließ Poppi das Krankenhaus auf dem schnellsten Weg. Thorstens Worte sausten wie Kugelblitze in ihrem Kopf herum.

Um was für einen Betrug ging es? Was hatte er gesehen? Er konnte damit nur das Zimmer meinen, in dem die vielen Noten abgelegt waren. Er war also unfreiwillig Augenzeuge eines Verbrechens geworden und sollte deshalb beseitigt werden.

Hoffentlich glauben mir die anderen wenigstens das, dachte Poppi.

Bei der Bushaltestelle angekommen, entschied

sie sich dann aber, noch nicht nach Hause, sondern in die andere Richtung zu fahren. Sie wollte versuchen, mit jemandem zu sprechen.

Dominik verbrachte den Nachmittag im Archiv der Zeitungsredaktion. Der Reporter Max Engel hatte ihn wieder an den Computer gelassen.

Diesmal war Dominik aber schlauer gewesen und hatte kein Wort von den neuesten Nachforschungen verlauten lassen, die die Knickerbocker-Bande anstellte.

„Na, seid ihr schon einen Schritt weiter?“, fragte Herr Engel, der wie immer eine Zigarette im Mundwinkel hängen hatte. Er war lautlos hinter Dominik getreten und blickte über seine Schulter auf den Monitor.

Erschrocken sah Dominik auf. „Äh … wir kümmern uns nicht mehr so sehr um die Sache“, sagte er so lässig wie möglich.

„Ach was“, entgegnete Herr Engel ungläubig. „Und wieso liest du dann noch immer die Zeitungsberichte über den Diamantengesicht-Fall?“

„Habe ich Ihnen doch schon gesagt“, erwiderte Dominik und setzte sein gesamtes schauspielerisches Talent ein, um gelassen und ruhig zu klingen. „Ich muss für die Schule eine Projektarbeit machen.

Na ja, und weil ich schon einiges weiß, habe ich mir das Diamantengesicht als Thema gewählt."

Max Engel grinste schief und spöttisch. „Erzähl das deiner Großmutter", brummte er. „Bist wohl sauer, weil ich ein bisschen bissig war in meinem Bericht."

„Ja!", antwortete Dominik knapp.

„Tut mir leid, kommt nicht mehr vor. Aber dafür musst du mir erzählen, was ihr noch alles herausgefunden habt."

„Nichts", log Dominik und blickte dem Reporter dabei fest in die Augen. „Gar nichts."

„Ach wirklich?" Max Engel war enttäuscht. Da aber in diesem Augenblick sein Handy klingelte, hakte er nicht weiter nach.

Dominik atmete erleichtert auf, verließ den Computerplatz und ging suchend an den langen Regalen entlang. Er holte ein paar schwere dunkelgraue Ordner heraus und schleppte sie zu einem Tisch. Dominik hatte beschlossen, alle Zeitungsausgaben durchzusehen, die zwei Wochen vor und zwei Wochen nach dem Verschwinden des Diamantengesichtes erschienen waren.

Den Kopf in eine Hand gestützt, saß er da und überflog Seite für Seite. Sehr ergiebig war die Ausbeute nicht, wie er feststellen musste.

André Fries, der während der Vorstellung ums Leben gekommen war, galt damals als der große neue Ballettstar, dem eine Weltkarriere vorhergesagt wurde. Karolin Nastasy wurde als ideale Tanzpartnerin für ihn angesehen, aber nicht halb so sehr gelobt und bejubelt wie André Fries.

Nachdenklich studierte Dominik ein Foto des Tänzers. Er war schlank, groß und sah stolz aus. Sein Haar war kurz, das Gesicht scharf geschnitten, mit einer spitzen Nase. Ein Detail sprang Dominik ins Auge. Er holte sein Taschenmesser heraus, an dem eine Lupe hing. Damit betrachtete er das Zeitungsbild sehr genau und nickte schließlich. Er hatte sich nicht getäuscht: André Fries fehlte tatsächlich ein Ohrläppchen.

In der Klatschkolumne fand Dominik ein Foto von Karolin Nastasy und André Fries. André hatte einen Arm um Karolin Nastasys Schulter gelegt und strahlte in die Kamera. Auch sie lächelte glücklich. Unter dem Bild stand: *Romeo und Julia, nicht nur auf der Bühne?*

„He, die beiden waren wohl ein Liebespaar!“, murmelte Dominik.

In einer Ausgabe vier Tage vor André Fries’ letzter Vorstellung fand Dominik ein weiteres interessantes Foto auf der Klatschseite. Es war bei einem

Gartenfest aufgenommen worden. Im Vordergrund sah man zwei Popstars, im Hintergrund stand Karolin Nastasy, die die Lippen zusammengekniffen hatte und wütend vor sich hinstarrte. Die Klatsch-Reporterin hatte Karolins Zorn bemerkt und fragte in ihrem Artikel, welche Laus ihr wohl über die Leber gelaufen war. André Fries wurde in dem Text nicht erwähnt.

Die Berichte vom Tag nach dem Mord kannte Dominik bereits. Er blätterte deshalb schnell weiter, bis sein Blick an einer äußerst ungewöhnlichen

Meldung hängen blieb. *LEICHE GESTOHLEN!* lautete der Titel.

„Was soll das denn heißen?“, wunderte er sich halblaut und überflog den kurzen Artikel. Es wurde berichtet, dass ein Toter auf unerklärliche Weise aus dem Krankenhaus verschwunden war. Von der Leiche fehlte jede Spur. Polizei und Klinikverwaltung standen vor einem Rätsel.

Wer stiehlt denn einen Toten?, wunderte sich Dominik.

In einer späteren Ausgabe der Zeitung fand er schließlich noch einen Bericht, der ihn sehr interessierte. Es ging darin um einen Streit zwischen dem Operndirektor Albin Nord und dem Scheich von Aran.

Der Direktor bezichtigte den Scheich des Versicherungsbetruges und behauptete, dass der Scheich selbst den Raub des Diamantengesichtes zu verantworten hätte. Der Scheich war darüber außer sich und drohte mit seinem Anwalt. Er warf dem Direktor vor, er hätte das Geld für die Bewachung und die verschiedenen Sicherheitsvorkehrungen gespart und in der eigenen Tasche verschwinden lassen.

Niemand schien den Streit der beiden ernst genommen zu haben.

Der letzte Artikel, der Dominiks Aufmerksamkeit auf sich zog, handelte von Lotta Benner. Die Hüterin der Kostüme wurde darin mit einer alten, aber sehr peinlichen Geschichte konfrontiert. Sie hatte vor mehreren Jahren an einem Theater drei Kostüme mitgehen lassen, war dabei erwischt und gleich darauf gefeuert worden. Der Zeitungsbericht war sehr gemein geschrieben und ließ Lotta als mögliche Diebin des Diamantengesichts erscheinen, um die sich die Polizei etwas genauer kümmern sollte.

Nachdenklich schloss Dominik die Ordner und stellte sie ins Regal zurück.

Max Engel lehnte in der Tür und blickte ihn fragend an. „Na, was rausgefunden, Herr Detektiv?"

„Klar!", antwortete Dominik strahlend.

Der Reporter horchte auf.

„Aber ich sag es Ihnen nicht!", erklärte Dominik frech und zwängte sich an Max Engel vorbei, der ihm verdutzt nachstarrte.

Als Dominik das Gebäude verließ, in dem die Zeitungsredaktion untergebracht war, fiel ihm ein hellgrauer Wagen auf, der in der zweiten Reihe abgestellt war. Dominik sah einen Mann darin am Steuer sitzen, beachtete ihn aber nicht weiter und bog nach rechts ab. In diesem Augenblick flog die Autotür auf und der Mann sprang heraus. Mit ein paar großen Schritten war er bei Dominik und packte ihn am Arm.

„Jetzt hab ich euch endlich!“, sagte er nicht besonders freundlich.

KLARAS GESCHICHTE

Unschlüssig stand Poppi vor dem heruntergekommenen Haus und blickte an der löchrigen Fassade empor. Sollte sie oder sollte sie nicht?

Ich mach's, entschied sie sich und stemmte die schwere Eingangstür auf. Im Treppenhaus roch es nach Sauerkraut, dazu mischte sich der Gestank einer Mülltonne, die schon lange nicht geleert worden war.

Aus Lilos Bericht wusste Poppi, dass sich die Wohnung von Klara und Thorsten unter dem Dach befand. Zögernd blickte sie in der Mitte des Treppenhauses zum obersten Stockwerk hinauf. Noch konnte sie umkehren …

Nichts da, was soll sie mir schon tun?, sprach

sich Poppi selbst Mut zu. Immer zwei Stufen auf einmal nehmend, lief sie bis ins Dachgeschoss, wo sie dann etwas außer Atem vor einer grün gestrichenen Tür stehen blieb. Auf einem Messingschild stand in großen Buchstaben Klaras Name. Darunter war ein Zettel mit Thorstens Namen geklebt.

So etwas wie ein Klingelknopf schien nicht vorhanden zu sein. Es gab nur einen altmodischen Griff, der wie eine übergroße Flügelschraube aussah. Als Poppi daran drehte, ertönte im Inneren der Wohnung eine Art Glocke.

Schritte waren zu hören und die Tür wurde vorsichtig einen Spaltbreit aufgezogen. Drinnen war eine Sicherheitskette vorgelegt, sodass die Tür nicht weiter aufgedrückt werden konnte. Klara spähte ängstlich heraus. Ihre Augen waren gerötet. Sie musterte Poppi und es war ihr anzumerken, dass sie ihr bekannt vorkam.

„Guten Tag, ich … ich würde gern mit Ihnen sprechen“, brachte Poppi etwas stockend heraus.

„Worüber?“, wollte Klara wissen.

„Über Thorsten!“

„Wer schickt dich?“

„Niemand! Ich habe Thorsten letzten Mittwoch auf der Bühne gefunden und dafür gesorgt, dass er möglichst schnell ins Krankenhaus kam“, erzählte

Poppi nicht ohne Stolz. Sie hatte aber noch einen Hintergedanken.

„Du warst das! Ich habe gehört, dass er von zwei Kindern gefunden wurde!"

Über Klaras Gesicht huschte ein kurzes Strahlen, das Poppi beruhigte. Poppi war sich inzwischen sicher, dass Klara Thorsten nie etwas hatte antun wollen. Es musste einen ganz anderen Grund für ihre Wutausbrüche geben.

Klara löste die Sicherheitskette und ließ Poppi ein. Sie wies ihr den Weg in ein Zimmer, das mit der Diele durch einen bogenförmigen Durchgang verbunden war.

Die Wohnung war einfach eingerichtet, die meisten Möbel stammten wohl vom Flohmarkt. An den Wänden hingen vergrößerte Fotos, die Thorsten beim Tanzen zeigten. Auf einem niedrigen Couchtisch brannten zwei Räucherstäbchen, die einen angenehmen Duft verströmten.

„Nimm Platz!" Klara zeigte auf einen Sitzsack und ließ sich selbst auf dem Sofa nieder. Wie Schatten tauchten zwei Katzen dahinter auf, sprangen auf die Lehne und rieben ihre Köpfe an Klara. Poppi nahm das als weiteres gutes Zeichen.

„Wieso bist du eigentlich gekommen?", wollte Klara wissen.

Poppi redete nicht lange um den heißen Brei herum, sondern rückte sofort mit der Wahrheit heraus. Sie berichtete, wie Dominik und sie die Szene vor der Oper beobachtet hatten, von der Begegnung im Krankenhaus und dem Verdacht, dass Klara hinter dem Anschlag auf Thorsten stecken könnte.

„Außerdem haben wir ein bisschen was von dem Gespräch mitbekommen, das Sie mit Lotta geführt haben!“, schloss sie.

Klara hatte sich eine Handvoll Erdnüsse aus einer Schale genommen und warf sich eine nach der anderen in den Mund.

„Die Polizei hatte ähnliche Gedanken", sagte sie kauend. „Und ich kann auch verstehen, wieso."

„Was ist los zwischen Thorsten und Ihnen?", wollte Poppi wissen. Sie bewunderte sich selbst für ihren Mut.

Klara seufzte tief und beförderte noch mehr Erdnüsse in ihren Mund. „Weißt du, was es bedeutet, mit einem zukünftigen Star zusammenzuleben? Thorsten und ich sind ein Paar. Schon seit sechs Jahren. Damals war er nur ein junger Tänzer, gerade am Ende seiner Ausbildung. Ich habe ihn auf der Ballettschule kennengelernt, aber da ich längst nicht so viel Talent besaß wie er, habe ich frühzeitig aufgegeben und bin heute in einem Reisebüro beschäftigt."

Poppi spürte, dass Klara darüber sehr traurig war. Der Traum vom Ballett war für sie vorbei, während ihr Freund Thorsten zu einem Höhenflug gestartet war.

Klara verbarg das Gesicht in den Händen und schluchzte leise. Poppi blickte sie unschlüssig an und wusste nicht, was sie jetzt unternehmen sollte.

„Ich liebe ihn doch, aber ich werde ihn verlieren.

Früher habe ich immer mehr verdient als er und wir haben von meinem Geld gelebt. Aber das ist längst nicht mehr so. Thorsten bekommt bereits gute Gagen und natürlich reicht ihm unsere kleine Bude nicht mehr." Klara deutete auf die Dachkammer, die tatsächlich etwas ärmlich aussah. „Und dann diese Mädchen, die ihn anhimmeln. Ich bin doch so eifersüchtig!"

Poppi blickte betreten auf ihre Schuhspitzen. Sie war auch eines dieser Mädchen, die für Thorsten schwärmten. Allerdings machte sie sich keine großen Hoffnungen, da sie wusste, dass sie ein bisschen zu jung für ihn war.

„Die Eifersucht, also meine Eifersucht … ich gebe es zu … die hat uns das Leben zur Hölle gemacht. Und dann hat Thorsten diese Annabell kennengelernt … in der Oper … sie ist gemeinsam mit Lotta für die Kostüme zuständig. Und er hat sich verliebt, da bin ich sicher. Er wird mich verlassen. Aber das halte ich nicht aus!"

Wieder begann Klara zu weinen.

Poppi saß ihr hilflos schweigend gegenüber und überlegte, ob sie ihr tröstend den Arm um die Schulter legen sollte.

„Jetzt ist ohnehin alles aus! Thorsten wird nie wieder aufwachen!", hörte sie Klara wimmern.

„Wissen Sie das nicht? Er ist wieder bei Bewusstsein!“, warf Poppi ein.

Klara sah sie mit verheultem Gesicht an. „Im Ernst?“

„Ja, und er hat nach Ihnen gefragt. Ich … also ich war vorhin im Krankenhaus und bin für seine kleine Schwester gehalten worden. Ich war bei ihm und er hat etwas von einem Betrug gesagt. Es hat ihn aber sehr angestrengt und aufgeregt, ich musste deshalb gehen.“

Verwundert runzelte Klara die Stirn. „Betrug? An der Oper? Davon hat er nie ein Wort erwähnt. Was meint er damit?“

Diesmal seufzte Poppi. „Ich hatte so gehofft, Sie könnten es mir sagen.“

„Leider nein!“ Klara schüttelte den Kopf. „Aber jetzt muss ich sofort Dr. Aratim verständigen. Er ist der Arzt, der Thorsten sonst immer betreut hat. Er wollte sofort zu ihm, wenn er wieder bei Bewusstsein ist.“

Poppi blieb noch sitzen, während Klara mit dem Arzt telefonierte. Dr. Aratim redete so laut, dass Poppi fast alles verstehen konnte. Die Erleichterung war ihm anzuhören und er versprach, sich sofort um den Verletzten zu kümmern.

„Ich werde alles tun, um ihn wieder ganz gesund

zu machen. Wissen Sie, Frau Larsen, ich dachte schon, ich sei ein Unglücksarzt: zuerst André und jetzt Thorsten."

Fragend hob Klara die Augenbrauen. „Wie meinen Sie das?"

„Die besten Tänzer, die ich je betreut habe, sind André Fries und Thorsten Tempinsky. Bei André habe ich zwei Tage vor seiner Ermordung eine Knochenerkrankung festgestellt. Er hätte sich damals kurz nach der Premiere einer sehr komplizierten Behandlung unterziehen müssen und es war, ehrlich gesagt, höchst unwahrscheinlich, dass er wieder hätte tanzen können. Und jetzt Thorstens schwerer Unfall. Ich empfände es als Niederlage, wenn er seine Karriere nicht fortsetzen würde."

Poppi und Klara verließen das Haus gleichzeitig. Klara konnte es kaum erwarten, mit Thorsten zu reden, und Poppi wollte sofort Kontakt mit ihren Freunden aufnehmen. Dominik, Lilo und Axel würden staunen, was Poppi alles herausgefunden hatte. Vielleicht glaubten sie ihr doch noch, dass sie das Diamantengesicht gesehen hatte.

Sie versuchte, die drei per Handy zu erreichen, doch keiner ging dran. Frau Schroll, Lilos Mutter, die schließlich am Festnetztelefon antwortete, sagte ihr, dass Dominik ein Treffen im Hauptquartier der

Bande einberufen hatte. Poppi beschloss, sofort ins Tierheim Binder zu fahren. Es musste auch bei den anderen etwas sehr Aufregendes und Wichtiges vorgefallen sein.

DIE BELOHNUNG

Im Krankenhaus klingelte das Telefon auf der Station, auf der Thorsten lag.

Eine junge Lernschwester hob ab und meldete sich mit ihrem Namen.

„Guten Tag, ich bin Klara Larsen, die Freundin von Thorsten Tempinsky. Ich wollte mich erkundigen, wie es ihm geht."

Die Lernschwester strahlte. Sie hatte gehört, wie sehr die Oberschwester geschimpft hatte, weil es nirgendwo eine Telefonnummer dieser Klara gab, nach der Herr Tempinsky ständig verlangte.

„Er ist wieder bei Bewusstsein und Sie sollten so schnell wie möglich kommen. Er will mit Ihnen sprechen", sagte die Lernschwester.

„Vielen Dank für die Auskunft, ich mache mich sofort auf den Weg!“

Nachdem sie das Gespräch beendet hatte, ging die Lernschwester mit einem kleinen Tablett und Medikamenten zu ihren Patienten. Sie freute sich sehr, etwas Wichtiges und Gutes für den Tänzer getan zu haben, für den sie auch heimlich schwärmte.

Gerade als die Schwester um die Ecke gebogen war, kam Klara zur Glastür herein und eilte auf das Zimmer zu, in dem Thorsten lag. Es war die echte Klara Larsen, die von dem Anruf nichts ahnte.

Poppi war ziemlich außer Atem, als sie das Tierheim erreichte. Sie hastete durch den Garten auf die kleine Wohnung im Untergeschoss zu, die der Bande als Hauptquartier diente.

Zu ihrer Überraschung war die Tür geschlossen. Sie warf einen Blick durch eines der Fenster und erschrak. Axel, Lilo und Dominik kauerten auf dem Sofa und starrten jemanden an, der vor ihnen stand.

Es war ein Mann in einem braunen Mantel, den Poppi sofort erkannte. Er war doch am Freitag hier gewesen und hatte sie ziemlich erschreckt.

Was sollte sie jetzt machen?

So leise wie möglich drehte sie sich wieder um

und schlich auf Zehenspitzen davon. Sie verschwand hinter der Hausecke und eilte zu der Treppe, die zur Wohnung von Frau Binder hinaufführte. Die alte Dame kam gerade aus der Tür und winkte ganz aufgeregt.

„Ah, Poppi, du kommst wie gerufen. Es ist jemand für euch am Telefon!“

„Die Polizei … wir müssen die Polizei verständigen!“, keuchte Poppi.

Frau Binder schaute sie überrascht an. Poppi drängte sich an ihr vorbei und nahm den Hörer hoch.

„Hallo?“, meldete sie sich atemlos.

Am Apparat war eine schnippische Frau, die sich als Sekretärin des Operndirektors vorstellte. „Er will umgehend mit euch reden!“

„Ja und?“

„Ihr sollt noch heute Abend zu ihm kommen. Allerdings nicht in die Oper, sondern in sein zweites Büro. Straußgasse 9. Er erwartet euch um sieben Uhr.“

„Wir kommen“, versprach Poppi hastig und legte schnell auf.

Danach wählte sie die Nummer der Polizei. Zuerst wollte man ihr nicht glauben, schließlich klang es auch nicht sehr wahrscheinlich, dass vier Kinder verfolgt wurden. Am Ende aber versprach der Beamte am Telefon, einen Streifenwagen vorbeizuschicken.

Ungeduldig wartete Poppi mit Frau Binder auf das Eintreffen der Polizei. Ohne Blaulicht und Signalhorn fuhr schließlich ein Wagen vor und zwei Polizisten stiegen aus.

Poppi winkte ihnen und rief: „Hier, kommen Sie schnell."

Sie stürmte in den Garten und fühlte sich jetzt sicher. Mit breitem Grinsen kamen die Polizisten auf sie zu und wollten wissen, wo sich der unheimliche Verfolger versteckt hatte. Poppi führte sie zum Eingang des Hauptquartiers und riss die Tür auf.

Der Mann im braunen Mantel drehte sich erschrocken um, die drei Knickerbocker sprangen vom Sofa auf.

„Mensch, dich kenne ich doch", sagte einer der Polizisten zu dem Besucher. „Du bist Elias Rollbert, ein alter Bekannter."

Der Mann schüttelte energisch den Kopf. „Nein, nein, ihr könnt mir diesmal überhaupt nichts anhängen. Ich bin seit vielen Jahren völlig sauber und jetzt lasst mich in Ruhe."

„Sie bedrohen uns!", rief Poppi anklagend.

Lilo gab ihr ein Zeichen, still zu sein.

„Ich tu was?", fragte der Mann verwundert.

„Sie bedrohen uns. Zuerst mich und jetzt meine Freunde."

„Was ist an dieser Geschichte dran?", wollte der andere Polizist wissen.

„Gar nichts", erwiderte Lilo. „Herr Rollbert ist nur gekommen, um uns zu danken und eine Belohnung zu überbringen."

„Was?" Poppi konnte es nicht fassen.

„Das bedeutet, wir werden nicht mehr benötigt", sagte einer der Polizisten und warf Poppi einen wütenden Blick zu. „Du solltest nicht so lange aufbleiben und so viele Krimis im Fernsehen gucken."

Nachdem die Polizisten gegangen waren, stand Poppi wie ein Häufchen Elend da und hätte am liebsten geheult.

Dominik legte ihr den Arm um die Schulter. Er führte sie zum Sofa und erklärte: „Herr Rollbert war früher einmal in der Unterwelt tätig, wenn ich das so sagen darf."

Der Mann nickte. „Es stimmt, ich mache kein Geheimnis daraus. Aber heute stehe ich auf der anderen Seite und arbeite als Wächter." Zu Poppi sagte er: „Es tut mir sehr leid, wenn ich dich erschreckt habe. Später ist mir eingefallen, dass ich wohl etwas sehr grob war. Das ist leider meine Art."

„Und was wollen Sie von uns?“, fragte Poppi mit piepsiger Stimme.

„Ich arbeite für den Scheich von Aran und soll seine Villa bewachen. Ihr habt da durch Zufall bessere Arbeit geleistet als ich. Wärt ihr nicht aufgetaucht, hätten die Diebe das ganze Haus ausgeräumt und dem Scheich wäre ein großer Verlust entstanden. Er hätte sicher einen Tobsuchtsanfall bekommen“, erzählte Herr Rollbert.

„Und dafür wollte uns Herr Rollbert danken“, fuhr Axel fort. „Dieser Dank gebührt auch dir, denn du warst dabei.“

„Es ist gar nicht so einfach, an euch heranzukommen. Als ich dann aber euren Kollegen beobachtet habe, wie er ins Redaktionsgebäude der Zeitung gegangen ist, habe ich beschlossen, vor dem Haus auf ihn zu warten.“

Dominik grinste schief. Er verschwieg, dass er selbst sehr erschrocken war, als Herr Rollbert ihn gepackt hatte.

Der Wächter zog drei Geldscheine aus der Brieftasche und reichte sie Lilo. „Detektive wie ihr können ein bisschen Taschengeldaufbesserung sicher immer gebrauchen, nicht wahr?“

Die vier bedankten sich. Lilo legte das Geld in die gemeinsame Kasse.

„Herr Rollbert, was wissen Sie eigentlich von diesem Diamantengesicht?“, fragte Axel.

„Ich weiß nur so viel, dass der Scheich bis heute davon überzeugt ist, dass der Operndirektor selbst diesen Tänzer umgebracht und die Maske an sich gerissen hat.“

„Das ist eine schwere Anschuldigung, wie kommt er darauf?“, forschte Axel weiter.

„Das kann ich dir erklären“, sagte Herr Rollbert. „Der Operndirektor hat ziemlich viele Schulden, weil er immer über seine Verhältnisse gelebt hat. Er brauchte dringend Geld und der Wert des Diamantengesichtes wird auf zehn Millionen Dollar geschätzt.“

Axel stieß einen Pfiff aus. „Hübsches Sümmchen, damit lässt sich eine Menge anfangen.“

Lilo schüttelte den Kopf. „Aber wie soll man so eine Maske verkaufen? Das kann doch nicht gerade einfach sein, oder?“

Herr Rollbert gab ihr vollkommen Recht. „Allerdings kann man das Diamantengesicht auch zerlegen und stückweise verkaufen. Die Edelsteine bringen jeder für sich ein Vermögen ein.“

„Es hat aber nie einen Beweis für die Schuld des Operndirektors gegeben, oder?“, erkundigte sich Dominik.

„Nein, er hat den Scheich sogar auf Rufmord verklagt und den Prozess gewonnen. Seitdem meidet der Scheich diese Stadt und seine Villa wird nur von seinen Kindern benutzt.“ Nach einem Blick auf die Uhr verabschiedete er sich hastig. „Ich muss meine Runde drehen und diesmal möchte ich nichts übersehen, denn leider gibt es nur eine Knickerbocker-Bande“, stellte er lachend fest. „Und noch mal: Entschuldigung für meine etwas raue Art. So bin ich eben, kann auch nicht aus meiner Haut.“

Nachdem er gegangen war, berichtete Poppi ihren drei Freunden von ihrem Besuch bei Klara und von dem Anruf. Das Erstaunen darüber war groß, aber selbstverständlich beschloss die Bande, den Direktor zu besuchen. Ihre Neugier war wieder einmal größer als ihre Vorsicht.

VORSICHT, FALLE!

Auf dem Weg zu der Adresse, die die Sekretärin des Direktors angegeben hatte, kam die Knickerbocker-Bande am Opernhaus vorbei. Dominik gab den anderen ein Zeichen, kurz zu warten, und stattete Berni, dem Portier, einen schnellen Besuch ab.

„Na, gibt es etwas Neues?“, erkundigte er sich.

„Nein, nur viel Ärger mit der Klimaanlage. Es ist schon wieder ein Techniker im Haus. Er kommt praktisch jeden Tag.“

Dominik war alarmiert. „Weißt du, wo der Techniker arbeitet?“

Berni fuhr sich über sein Bulldoggengesicht und schnaubte nachdenklich. „Du willst immer so viel wissen, Dominik! Ich habe keine Ahnung, ich frage die Leute doch nicht, wohin sie unterwegs sind. Meine Aufgabe ist es nur, darauf zu achten, dass kein Unbefugter hereinkommt."

Dominik lief auf die Straße und berichtete den anderen, was er gerade erfahren hatte.

„Und du meinst, das könnte dieser falsche Techniker sein, der am letzten Mittwoch auch im Haus war?" Lilo sah ihn fragend an.

„Da bin ich mir sicher!", sagte Dominik. „Und wir müssen den Typen finden."

„Aber wir haben doch Hausverbot", erinnerte ihn Poppi.

„Stimmt", sagte Dominik. „Und vielleicht ist das auch gut so. Wir sollten die Sache der Polizei übergeben."

Poppi verzog das Gesicht. „Ich fürchte, die Polizei hat für heute genug von uns."

„Ich bleibe hier und warte, bis der Typ das Haus wieder verlässt. Dann hefte ich mich an seine Fersen", schlug Dominik vor.

Poppi war sofort bereit, mit ihm zu warten.

„Gut, dann gehen wir zum Direktor", entschied Lilo und nickte Axel zu.

Um nicht aufzufallen, wechselten Dominik und Poppi die Straßenseite. Es gab dort ein Café, vor dem Stapel kleiner Tische und Stühle bereitstanden, um aufgestellt zu werden. Hinter einem dieser Stapel versteckten sich die beiden.

Sie warteten und warteten und warteten. Der Techniker aber ließ sich nicht blicken.

„Vielleicht hat er das Haus schon verlassen, möglicherweise in einer anderen Verkleidung!", mutmaßte Poppi.

Dominik kratzte sich an der Nase. „Möglich wäre es, aber ich glaube es nicht."

Seufzend blickte Poppi an der Fassade des Opernhauses hoch. Es gab auf der Rückseite keine Verzierungen und keine Terrassen, sondern nur viele Fenster. Hinter den meisten lagen Garderoben oder Schminkräume, aber auch Büros.

Da blinkte etwas.

Zuerst dachte Poppi, sie habe sich geirrt, dann aber bestätigte sich ihre Beobachtung.

Hinter einem Fenster im ersten Stock funkelte etwas. Poppi stieß Dominik mit dem Ellbogen in die Seite und machte ihn auf das seltsame Glitzern aufmerksam.

Beide Knickerbocker sahen es zur selben Zeit: Aus dem Fenster glotzte das Diamantengesicht mit toten schwarzen Augenhöhlen. Es starrte direkt zu ihnen hinüber und eine schwarze Hand winkte sie herbei.

Dominik und Poppi blieb vor Schreck die Luft weg. Sie schwitzten am ganzen Körper und ihre Herzen rasten.

„Was tun wir jetzt?“, fragte Poppi ängstlich.

„Komm, wir knöpfen uns das Diamantengesicht vor!“, entschied Dominik. „Diesmal werden wir es kriegen und daran kann uns niemand hindern.“

Als Berni sich ihnen in den Weg stellen wollte, schob ihn Dominik energisch zur Seite und sagte: „Du musst uns durchlassen, es ist wichtiger als alles andere!“

„Aber meine Anordnung!“, japste der Portier.

„Morgen wird dir der Direktor dankbar sein!“, versicherte ihm Dominik.

Das Diamantengesicht war äußerst zufrieden. Die beiden Kinder hatten angebissen. Eigentlich hätten sie zu viert in die Straußgasse kommen sollen. Aber so würde der Plan auch klappen. Allerdings musste das Diamantengesicht jetzt eine Meisterleistung vollbringen und noch einen anderen Fisch an den Haken bekommen. Es blieb zu hoffen, dass die Kinder in der Straußgasse geduldig warteten, bis das Diamantengesicht sie ihrem schrecklichen Schicksal zuführen würde.

Nur eine Minute später wurde eine Tür leise geöffnet. Erschrocken drehte sich der Klimatechniker um, der gerade an einem Lüftungsschlitz herumschraubte.

Hinter ihm stand eine schwarz gekleidete Gestalt, die eine Diamantenmaske aufgesetzt hatte.

„Suchst du das?“

Die Stimme ließ dem Mann das Blut in den Adern stocken.

„Ich habe das, was du so verzweifelt schon seit einer Woche suchst. Aber es ist nicht dort, wo du es vermutest. Komm mit, du weißt, wo wir uns treffen. Wir beide kennen den Ort!"

Der Mann schüttelte fassungslos den Kopf. „Woher weißt du …?"

Das Diamantengesicht aber hatte sich bereits umgedreht und den Raum wieder verlassen. Bevor es auf den Gang getreten war, hatte es die Maske schnell unter den großen Falten des schwarzen Kostüms verschwinden lassen. Es vergewisserte sich hastig, dass niemand in der Nähe war, und eilte los. Eigentlich war es auch egal, wenn es jemandem begegnete. Der andere würde nur einen grauhaarigen Mann in einem weiten schwarzen Mantel sehen und so eine Person fiel am Theater nicht weiter auf. Zur Sicherheit setzte sich der Mann aber einen schwarzen Hut auf, wie ihn vor allem Künstler gerne tragen.

Dominik besaß einen hervorragenden Orientierungssinn und schaffte es tatsächlich, das Zimmer ausfindig zu machen, in dem die Maske geleuchtet hatte. Zur Enttäuschung der beiden Knickerbocker war es leer. Es handelte sich um ein Büro mit abgenutzten Möbeln und jeder Menge alter Akten, die achtlos in ein Regal gestopft waren. Vom Diamantengesicht keine Spur.

„Mist!", seufzte Poppi.

„Es muss aber irgendwo sein!", sagte Dominik stur. Unschlüssig standen die beiden auf dem Gang und sahen sich um.

„Dort!", rief Poppi und deutete nach rechts. Die schwarze Gestalt hatte sich kurz blicken lassen und mit der Diamantenmaske gewinkt. Täuschte sich Poppi oder hatte sie tatsächlich einen grauhaarigen Mann gesehen?

Dominik fragte nicht lange, sondern lief los. Eine wilde Verfolgungsjagd durch die Gänge des Opernhauses begann. Das Diamantengesicht strebte einer engen Hintertreppe zu, die steil nach unten führte. An mehreren Stellen war sie durch Gittertore blockiert, die das Diamantengesicht aber alle einfach aufzog.

Wie merkwürdig, dass die Gittertore nicht abgeschlossen waren.

Das Ziel des Diamantengesichtes schien der Keller des Opernhauses zu sein, der vier Stockwerke nach unten ging. Immer noch auf derselben Treppe hastete die schwarz vermummte Gestalt tiefer und tiefer, bis sie schließlich die letzte Stufe erreichte und eine Metalltür aufschloss.

Poppi und Dominik mussten sehr aufpassen, um nicht zu stürzen. Ihre Beine liefen wie von allein. Die Detektive hielten sich am Geländer fest, zögerten aber keine Sekunde, durch die Metalltür in den dunklen Raum zu treten, der sich dahinter befand.

Keuchend standen sie in der Finsternis und starrten zum Kellerabgang, der von einer vergitterten Lampe schwach beleuchtet wurde.

Über ihnen wurden Schritte hörbar. Offenbar kam noch jemand die Treppe heruntergeeilt. Dominik drehte sich um und blickte durch das schmale Treppenhaus hinauf. Es näherte sich ihnen ein Mann in einem hellblauen Arbeitsoverall und Sportschuhen.

Erst als er die Treppe verlassen und in den Raum gestolpert war, bemerkte er die beiden Knickerbocker. Obwohl er eine Baseballkappe und eine Perücke trug, erkannte ihn Dominik sofort als das Narbengesicht, das ihn auf der Straße verfolgt hatte.

Das Erstaunen und der Schrecken waren auf beiden Seiten gleich groß.

„Was macht ihr hier?", fragte der Mann scharf und außer Atem.

Vor ihnen wurde eine Taschenlampe angeknipst.

Der Lichtstrahl fiel auf eine goldene Maske, die mit Diamanten besetzt war.

Der Mann stieß die Knickerbocker zur Seite und stürzte sich auf das Diamantengesicht. Fast gleichzeitig wurden Dominik und Poppi mit zwei Tritten weiter in den Raum befördert.

Dominik wusste, was das bedeutete. Er versuchte, sich umzudrehen und zum Eingang zurückzurennen, aber es war zu spät. Die schwarz vermummte Gestalt hatte den Raum bereits verlassen und knallte die Tür hinter sich zu. Von außen wurde ein Schlüssel herumgedreht.

Das Narbengesicht stieß einen Fluch aus.

„Es ist die Fälschung … schon wieder die Fälschung! Dieses Miststück!“, schimpfte er.

„Können Sie uns verraten, wie wir hier wieder herauskommen?“, fragte Dominik aufgebracht.

„Wo sind wir überhaupt?“, wollte Poppi wissen. „Und wer sind Sie?“

Dominik atmete hörbar ein.

„Was hast du?“, wollte Poppi wissen.

Ihr Freund hielt es jedoch für besser, nicht laut zu sagen, was er gerade entdeckt hatte. Möglicherweise irrte er sich auch. Aber normalerweise gab es solche Zufälle nicht. Er wusste also, wem sie gegenüberstanden.

RACHE

Lilo und Axel verstanden die Welt nicht mehr. Die Adresse Straußgasse 9 war ein modernes Haus, in dem vier Büros untergebracht waren. Das erste davon im Untergeschoss gehörte Albin Nord, dem Operndirektor, doch er war nicht da. Immer wieder drückten die Knickerbocker den Klingelknopf, aber niemand öffnete ihnen.

Als Axel bestimmt zum zwanzigsten Mal läutete, gab Lilo ihm ein Zeichen aufzuhören.

„Das hat keinen Sinn, er hat den Termin wahrscheinlich vergessen."

Axel machte auf einmal ein erschrockenes Gesicht und sagte: „Vielleicht ist er schwer verletzt oder sogar tot. Lilo, er könnte irgendeine besonders wichtige Mitteilung für uns gehabt haben, aber irgendjemand hat verhindert, dass er sie uns sagen kann."

„Glaubst du wirklich?" Lilo knetete ihre Nasenspitze. Schließlich entschied sie: „Komm, wir gehen und holen irgendjemanden. Am besten, wir verständigen Berni. Er soll ganz einfach in der Opernverwaltung anrufen und fragen, wo der Direktor steckt."

Damit war Axel einverstanden. Als sie die Glastür des Hauses öffneten und auf die Straße treten wollten, kam ihnen eine bekannte Person entgegen. Sie winkte aufgeregt.

„Lotta!", staunte Lilo.

Die Garderobiere war völlig außer Atem und presste die Hand auf die Brust.

„Gut, dass ich euch noch erwische. Ich … ich soll euch etwas ausrichten."

Die Knickerbocker sahen einander überrascht an.

„Von wem?", wollte Lilo wissen.

„Von Albin Nord!"

„Wieso ist er nicht hier?", fragte Axel. „Er hat uns in sein Büro bestellt!"

Lotta nickte. „Ja, ja, ich weiß. Herr Nord kommt auch bald nach. In der Zwischenzeit aber sollt ihr euch den Raum hinter der grauen Metalltür im

Keller ansehen." Sie schwenkte zwei alte, lange Schlüssel, die an einem Metallring hingen und laut klimperten.

„Na gut!" Lilo schnappte sich die Schlüssel und kehrte in das Haus zurück.

Axel folgte ihr gespannt. Lotta wollte eigentlich zurück zum Opernhaus, beschloss dann aber, die beiden Detektive zu begleiten. Sie war ganz einfach neugierig.

Eine saubere Steintreppe führte in einen weiß gestrichenen Keller mit vier kleinen Räumen. Zwischen ihnen gab es einen weiteren Gang, der nach mehreren Metern an einer Metalltür endete, die mit Dellen und Kratzern übersät war.

„Ziemlich altes Stück", stellte Axel fest.

Lilo reichte ihm die Schlüssel und er versuchte aufzuschließen. Doch das war nicht so einfach, da das Schloss ebenfalls sehr alt und bereits eingerostet sein musste. Endlich war das erhoffte Knacken zu hören und die Tür sprang auf.

Suchend tastete Axel an der Mauer neben der Türöffnung nach einem Lichtschalter, fand aber keinen. Fast gleichzeitig holten die Detektive ihre Taschenlampen heraus und knipsten sie an.

Die Lichtstrahlen durchdrangen die Dunkelheit und fielen in einen Gang mit gewölbter Decke, der aus Backsteinen gemauert war. Die Luft roch modrig und nach nasser Erde.

„Was ist das hier?“, wunderte sich Lilo. „Und wieso will Herr Nord es uns zeigen?“

Lotta meldete sich aufgeregt zu Wort. „Ich kann mir denken, was das ist. An dieser Stelle befanden sich früher die Kostümwerkstatt und das Lager der Oper. Ein unterirdischer Tunnel hat die beiden Gebäude miteinander verbunden, damit die Kostüme nicht über die Straße getragen werden mussten.“

„Interessant“, murmelte Lilo und machte ein paar Schritte vorwärts. Axel und Lotta schlossen sich ihr an.

Unterirdische Gänge zogen Lilo an wie ein Magnet. Sie konnte gar nicht anders, sie musste einfach weiterlaufen. Axel blieb dicht hinter ihr. Er hätte es nie zugegeben, aber ganz geheuer war ihm der Stollen nicht. Die Backsteine waren nicht mehr rötlich, sondern hatten grauen Schimmel angesetzt. Durch viele zogen sich tiefe Risse und an einigen Stellen waren schon Steine herausgefallen.

Hinter Axel knirschte es. Er drehte sich um und sah Lotta zum Ausgang eilen. Auf einmal überkam ihn ein ungutes Gefühl. Er griff nach Lilos Jacke und zog daran.

„Was ist?“, fragte Lilo ungehalten.

„Schau!“

Lotta hatte die schwere Tür erreicht. Sie wollte sich offensichtlich davonstehlen.

„Raus, die sperrt uns ein!“, stieß Axel hervor und rannte los. In diesem Moment schloss sich die Tür mit einem lauten Knall.

Eine sehr energisch wirkende Krankenschwester mit starker Brille, die ihre Augen eulenhaft vergrößerte, betrat die Station, auf der Thorsten Tempinsky lag. Langsam ging sie über den Gang auf sein Zimmer zu. Aus dem Aufenthaltsraum der Schwestern waren leise Stimmen zu hören.

„Sie können ganz beruhigt sein, Klara. Ihr Thorsten wird wieder gesund. So wie es aussieht, wird er sogar schon bald tanzen können“, beruhigte die Oberschwester die aufgeregte Frau.

„Aber heute ... er wollte mir ständig etwas sagen. Mehrmals hat er begonnen, von einem Betrug zu reden“, schluchzte Klara.

Die Krankenschwester mit der starken Brille blieb stehen und lauschte mit angehaltenem Atem.

„Zuerst dachte ich, es geht tatsächlich um eine andere Frau ... aber ... aber er sprach von etwas anderem, was ich nicht verstehen konnte. Es muss mit der Oper zu tun haben.“

Die Oberschwester stellte Klara eine Tasse Tee hin und sagte: „Da, trinken Sie erst einmal! Das beruhigt Sie bestimmt. Irgendetwas scheint Herrn Tempinsky sehr mitzunehmen. Bisher hat er es nicht geschafft, darüber zu reden, aber bald wird er es können. Er kommt immer mehr zu Kräften. Im Augenblick aber sollten wir ihn wirklich nicht zu sehr aufregen."

Die falsche Krankenschwester hätte am liebsten erleichtert geseufzt, ließ es aber bleiben. Auf Zehenspitzen schlich sie zu Thorstens Zimmer, öffnete fast lautlos die Tür und ging hinein. Aus der Tasche ihrer Schwesterntracht zog sie eine Spritze, in der sich eine klare Flüssigkeit befand. Sie trat neben den Plastikbeutel, der noch immer auf einem Metallständer hing und aus dem eine Nährlösung über einen Schlauch in Thorstens Körper tropfte. Fast schon fachmännisch stach die Schwester die dünne Injektionsnadel in den Beutel und spritzte die Flüssigkeit in die Nährlösung. Da beide farblos waren, war nichts Auffälliges zu sehen.

Am nächsten Tag würde Thorsten tot sein. Das Gift würde in seinem Körper kaum nachzuweisen sein. Die falsche Schwester hatte sich genauestens informiert.

So leise, wie sie gekommen war, verschwand sie

auch wieder. Sie hatte sich nun aller möglichen Augenzeugen entledigt und sich gleichzeitig gerächt.

Als die falsche Krankenschwester wieder in ihren Wagen stieg, den sie drei Straßen entfernt geparkt hatte, überkam sie jedoch ein Gefühl von Unzufriedenheit.

Ihre Rache war noch nicht stark genug ausgefallen. Sie wollte jemanden leiden sehen und sich daran weiden, wenn derjenige wimmerte und flehte. Sie wollte hören, wie ihr Opfer um Gnade bettelte, wenn ihm klar wurde, was sein Schicksal war.

Mit einem Blick auf die Uhr beschloss sie, sich diese Genugtuung noch zu gönnen.

DIE ABRECHNUNG

Poppi klammerte sich an Dominiks Pulli und flüsterte ihrem Kumpel zu: „Wer ist das, sag endlich!“

Dominik hatte seine Taschenlampe angeknipst und leuchtete den Mann an.

„Das ist ein Toter!“

Der Mann drehte sich mit einem Ruck zu ihm um, als wäre er mit einer glühenden Zange berührt worden. „Was hast du gesagt?“

„Sie sind André Fries, nicht wahr?“

Poppi machte große Augen. „Der Tänzer, der vor fünf Jahren ermordet worden ist?“

Mit zwei schnellen Schritten war der Mann bei Dominik und packte ihn am Kragen. Er hob ihn hoch, bis nur noch seine Zehenspitzen den Boden berührten, und schüttelte ihn. „Wer hat dir das verraten?“

„Niemand!“, keuchte Dominik. „Habe ich selbst herausgefunden. Ich habe mir alte Zeitungsfotos angeschaut. Auf einem Bild habe ich gesehen, dass Sie nur ein Ohrläppchen haben.“

Völlig unerwartet ließ der Mann ihn los und er fiel zu Boden.

„Aber … aber was soll das heißen?“, wollte Poppi wissen.

Dominik hielt es für zu gefährlich weiterzureden. Deshalb sagte er ausweichend: „Ich habe keine Ahnung … ich will hier nur raus.“

„Durch die Tür kommen wir jedenfalls nicht“, erwiderte der Mann. „Die ist feuer- und wasserfest und wahrscheinlich sogar luftdicht. Wir … wir können bloß … versuchen, weiter durch den Tunnel zu gehen.“

„Handelt es sich um den Verbindungstunnel zwischen dem Kostümlager und der Oper?“, fragte Dominik überrascht.

„Ja“, antwortete der Mann.

„Der soll doch eingestürzt sein“, erinnerte sich Dominik.

Aus weiter Ferne kam ein Rufen: „Hilfe! Hilfe, rauslassen!“

Poppi schnappte erschrocken nach Luft. „Das … das ist doch Lilo! Das ist ihre Stimme.“ Laut schrie sie: „Lilo! Wo seid ihr?“

Nach einer kurzen Pause kam eine leise Antwort: „Wir sind im Tunnel.“

„Wir auch!“, rief Dominik zurück.

„Hier geht es nicht weiter. Der Gang ist eingestürzt!“, meldete Axel.

„Ja, wir sind auf der anderen Seite!", schrie Dominik.

Poppi begann zu zittern. „Hoffentlich kommt hier bald jemand runter!"

Dominik erinnerte sich an die Zeit, als er selbst an der Oper aufgetreten war. Damals war er mehrfach davor gewarnt worden, den Keller zu betreten. Aus Sicherheitsgründen hatten fast alle Lager aufgelöst werden müssen, denn es bestand Einsturzgefahr. Dominik wusste, was das bedeutete: Es kam niemand auch nur in die Nähe. Ihre Hilferufe und Schreie würden nicht gehört werden. Wenn nicht ein Wunder geschah, würden sie hier unten verhungern oder verdursten und vielleicht erst Monate oder sogar Jahre später gefunden werden.

Poppi spürte, dass Dominik Angst bekam. Seine düsteren Gedanken waren ihm förmlich ins Gesicht geschrieben.

„Kommen wir hier nicht raus?", fragte sie.

Was sollte Dominik antworten?

Es war das Kratzen von Steinen zu hören, die zur Seite geräumt wurden. Allerdings nur sehr, sehr leise. Axel schien sich an die Arbeit gemacht zu haben, Dominik bezweifelte aber, dass sein Freund damit Erfolg haben würde.

Jemand klopfte an die Metalltür hinter den beiden Knickerbockern. Erschrocken und gleichzeitig erfreut drehten sie sich um und richteten ihre Taschenlampen auf die Tür.

„Hilfe! Aufmachen! Wir sind hier eingeschlossen!“, riefen sie.

Doch die Tür blieb zu.

Poppi und Dominik warteten mit angehaltenem Atem, aber nichts geschah.

„Hallo, ist da jemand?“, rief Dominik unsicher.

„André, wie fühlst du dich?“, erkundigte sich eine spöttische Frauenstimme von draußen.

Der Mann mit dem Narbengesicht stürzte zur Tür und rüttelte an der Klinke.

„Lass mich raus, lass mich sofort raus!“, tobte er außer sich.

„Du hast wohl gedacht, ich habe deinen schlauen Plan nicht durchschaut“, erwiderte die Frau kühl.

„Hier sind Kinder. Was soll das?“

„Ich habe all die Jahre gewartet, weil ich genau wusste, dass du zurückkommen würdest. Endlich ist es so weit. Aber du bekommst nicht, was du suchst! Das echte Diamantengesicht habe nämlich ich. Ich wusste bald, dass deine Ermordung nur vorgetäuscht war. Im vereinbarten Versteck lag noch immer die Kopie, gegen die du die richtige Maske hättest austauschen sollen. Du hast das echte Diamantengesicht woanders versteckt. Ich habe fast zwei Jahre lang danach gesucht und es dann durch einen Zufall gefunden."

Atemlos hörten die Knickerbocker zu.

„Die Klimaanlage hatte eine Störung und ein Techniker hat ein Päckchen in einem der Schächte entdeckt. Ich konnte es ihm zum Glück abnehmen, und danach habe ich nur noch gewartet, bis du wieder auftauchst, um es dir zu holen. Damit ich mich an dir rächen kann für deinen feigen Verrat!"

Dominik hatte die Stimme längst erkannt und verstand nun auch, was vor fünf Jahren geschehen war. Allerdings war es ihm im Augenblick völlig egal. Sie mussten unbedingt aus dem Keller entkommen. Es schien aber keinen Ausweg zu geben.

„André, ich werde dich hier unten verenden lassen! Jeden Tag werde ich kommen und mich erkundigen, wie schlecht es dir geht. Es wird mir eine Freude sein", kündigte die Frau an. „Wenn man dich irgendwann findet, wird man dich als den entlarven, der du bist: der Dieb des Diamantengesichtes. Ich werde dann schon in irgendeinem fernen Land sein und es mir gut gehen lassen. Das echte Diamantengesicht wird mich reich machen."

Poppi war entsetzt und brachte nur mit Mühe ein paar Sätze heraus. „Aber … aber es wird auffliegen! Thorsten Tempinsky weiß alles. Er wird aussagen."

Die Antwort war ein heiseres Lachen. „Thorsten ist bald tot. Ich habe ein Nervengift in seinen Infusionsbeutel im Krankenhaus gespritzt."

SO EIN THEATER!

Poppi schlug die Hand vor den Mund. Dominik kniff Poppi fest in den Arm und gab ihr ein Zeichen mitzuspielen. Er schnitt eine Grimasse und rief: „He, Axel ist es wirklich gelungen, ein Loch in die Einsturzstelle zu buddeln. Wir können durch!“

Poppi verstand und stimmte sofort begeistert ein. „Ja, ja, wir können rüber in den anderen Teil des Tunnels!“

Ganz leise schlichen die beiden Knickerbocker neben die Tür und pressten sich an die Wand.

„Lilo hat die Tür geknackt. Wir können raus!“ Dominik war wirklich ein ausgezeichneter Schauspieler und sein Jubel klang absolut glaubhaft.

„Los, Dominik! Kommen Sie, Herr Fries!“, spielte

Poppi mit. Woher sie die Kraft nahm und wieso ihre Stimme diesmal nicht zittrig klang, wusste sie selbst nicht.

Der Schlüssel wurde herumgedreht und die Tür flog auf.

„Nein, ihr bleibt da!“, gellte ein schriller Schrei.

Ein Schuss fiel. Die Frau knallte einfach in die Dunkelheit. Dominik, der seine Taschenlampe ausgeknipst und hoch über den Kopf gehalten hatte, schlug zu. Es bereitete ihm größtes Unbehagen, das zu tun, aber es musste sein. Er traf den ausgestreckten Arm der Frau, die mit dem Schlag natürlich nicht gerechnet hatte. Die Waffe fiel ihr aus der Hand und rutschte über den Boden.

Herr Fries wollte fliehen, drängte sich an den Knickerbockern und der Frau vorbei und stieß sie dabei zu Boden.

Poppi reagierte blitzschnell und hängte sich an sein Bein.

„Ist dort unten jemand?“, kam von oben Bernis Stimme.

„Ja, hol die Polizei, schnell!“, brüllte Dominik.

Die Besucher der Opernvorstellung bekamen nicht mit, was sich hinter der Bühne ereignete.

Im Büro des Direktors saßen die vier Knickerbocker, in dicke Decken gehüllt, und schlürften Tee, den ihnen die Sekretärin zubereitet hatte. Es war die echte Sekretärin, die die Bande allerdings niemals angerufen hatte.

Axel konnte es noch immer nicht glauben: „Irre Idee! Dieser Fries erfährt vom Arzt, dass er seine Tanzkarriere beenden muss, und fasst den Plan, das Diamantengesicht zu stehlen."

Dominik winkte ab. „Die Idee dazu muss er schon viel früher gehabt haben. Er hat sich deshalb auch eine Komplizin gewählt, die ihm damals sehr nahestand."

„Karolin Nastasy!", warf Lilo ein.

„Genau! Doch ein paar Wochen vor der Premiere hat sich André Fries in eine andere verliebt. Trotzdem wollte er die Sache mit dem Diamantengesicht über die Bühne bringen. Frau Nastasy, die alle Pläne kannte, wurde in Sicherheit gewiegt, obwohl André bereits beschlossen hatte, das große Ding ohne sie zu drehen", erklärte Dominik.

Nachdem er sich noch einen Schluck Tee gegönnt hatte, fuhr er fort: „Eigentlich hätte während der Vorstellung nur die echte Maske gegen eine Fälschung ausgetauscht werden sollen. Aber dann hat André die wertvolle Maske in einen Schacht der Klimaanlage gesteckt und die Fälschung dorthin gelegt, wo das Original versteckt sein sollte. Er hat seine Ermordung vorgetäuscht und mit dem anwesenden Theaterarzt gemeinsame Sache gemacht. Der Arzt hat seinen Tod festgestellt und dafür gesorgt, dass André Fries in einem unbeobachteten Augenblick gegen die gestohlene Leiche ausgetauscht werden konnte. Er hat es auch so eingefädelt, dass er selbst die sogenannte Obduktion, die Untersuchung des Toten, vornehmen konnte. Er hat einen falschen Befund ausgestellt und alle Welt hielt André Fries für tot."

Die Narben konnte sich Axel jedoch noch immer nicht erklären.

Lilo schon. „Er hat sich wohl einer Gesichtsoperation unterzogen, damit ihn niemand mehr erkennt, doch da scheint einiges schiefgegangen zu sein."

Dominik nickte. „Genauso war es. André Fries hielt sich länger im Ausland auf, wo er sich eine neue Identität, also einen neuen Namen und neue Dokumente, kaufte."

„Aber woher hatte er so viel Geld?", wollte Poppi wissen.

„Ganz einfach: Er hatte eine sehr hohe Lebensversicherung abgeschlossen und das Geld bekam seine neue Freundin."

„Karolin Nastasy ist aber bei der Aufführung tatsächlich verunglückt!“, sagte Lilo. „Das heißt, nicht so schwer, wie es ausgesehen hat.“

„Der Schock war für sie sehr groß“, ergänzte Dominik. „Wegen ihrer Verletzungen hätte sie bestimmt keine große Karriere machen und es zur Primaballerina schaffen können, was immer ihr Traum gewesen war. Deshalb täuschte sie die Lähmung vor. Auf diese Weise bekam sie eine Stange Geld und konnte außerdem am Opernhaus bleiben. Sie wusste von Andrés neuer Freundin, auch wenn er alles drangesetzt hatte, es zu verheimlichen. Deshalb hat sie auf dem Zeitungsfoto so wütend gewirkt.“

Lilo schüttelte immer wieder ungläubig den Kopf. „Sie hat jeden Tag und halbe Nächte im Opernhaus verbracht und darauf gelauert, dass André zurückkehrt, um sich das echte Diamantengesicht zu holen. Denn bei dieser Gelegenheit wollte sie sich rächen.“

Poppi war jetzt auch klar, worüber Thorsten so erschrocken war. „Er hat Karolin Nastasy in dem Notenarchiv auf einer Leiter stehen sehen. Sie hat nämlich gerade die Kopie des Diamantengesichtes aus einem Versteck geholt, weil André im Haus war und sie ihn in die Falle im Keller locken wollte.“

„Aber dann ist ihr Thorsten dazwischengekommen“, fuhr Dominik fort. „Und sie musste sich seiner entledigen. André ist ihr auf den Schnürboden gefolgt. Er war es, der mich eingesperrt hat. Normalerweise ist die gute Karolin Nastasy eine Meisterin der Maske und Verkleidung, aber am Mittwoch hatte sie nur das falsche Diamantengesicht bei sich.“

Poppi blickte ihre Freunde herausfordernd an. „Glaubt ihr mir jetzt, dass ich es gesehen habe?“

Lilo hob entschuldigend die Arme. „Sorry, dass ich daran gezweifelt habe. Aber Frau Nastasy war wirklich clever genug, um deine Glaubwürdigkeit anzukratzen.“

„Wer hat uns eigentlich gewarnt?“, fragte Axel.

„André Fries, der von Karolin Nastasys Gefährlichkeit überzeugt war“, lautete Dominiks Antwort.

Der Direktor kam aus dem Vorzimmer und rief: „Das Krankenhaus hat gerade angerufen. Thorsten ist nichts geschehen. Er wird sicher schnell auf die Beine kommen!“

„Und einige Leute werden hinter Gitter wandern“, stellte Axel fest.

„Ich kriege dann vielleicht endlich mein Autogramm“, triumphierte Poppi.

Dominik stieß sie mit dem Ellbogen an. „Ich hätte nichts dagegen, wenn du dich wieder in einen Star verliebst und wir auf diese Weise einen neuen Fall bekommen."

Lotta hatte die letzten Worte aufgeschnappt und stemmte die Hände in die Hüfte. „Eines kann ich euch sagen: Keine ‚Fälle' mehr hier im Opernhaus! Als Karolin zu mir gekommen ist und mich im Namen des Direktors zu euch geschickt hat, wusste ich nicht, was das bedeutet. Es war die Hölle! Und ich will nicht, dass mein Bubi noch einmal in so große Gefahr kommt."

Lotta hatte in dem unheimlichen Tunnel nur Angst gehabt und war deshalb geflohen. Sie hatte

nicht bemerkt, dass Karolin Nastasy in einer dunklen Ecke gelauert und gleich hinter ihr die Tür zugestoßen hatte.

Laut schmatzte Lotta Dominik einen dicken Kuss auf die Wange, worauf er knallrot anlief und verlegen grinste.

„Tja, Bubi, dann werden wir gut auf dich aufpassen", versprach Axel und brach in schallendes Gelächter aus, in das Poppi und Lilo einstimmten.

DER KNICKERBOCKER BANDENTREFF

**Werde Mitglied im Knickerbocker-Detektivclub!
Unter www.knickerbocker-bande.com kannst du dich als Knickerbocker-Mitglied eintragen lassen. Dort erwarten dich jede Menge coole Tipps, knifflige Rätsel und Tricks für Detektive. Und natürlich erfährst du immer das Neueste über die Knickerbocker-Bande.**

Hier kannst du gleich mal deinen detektivischen Spürsinn unter Beweis stellen – mit der Detektiv-Masterfrage, diesmal von Poppi:

LIEBE FREUNDE,

Thorsten ist echt total niedlich. Ich habe von ihm nicht nur ein Autogramm bekommen, er hat uns vier auch noch zu seiner nächsten Aufführung eingeladen. Dann sitzen wir in der ersten Reihe!

Ehrlich gesagt will ich nie wieder so einen schlimmen Fall erleben. Ich hatte solche Angst um Thorsten. Und ich fand es ganz schrecklich, dass mir meine Freunde nicht mehr geglaubt haben.

Als wir im unterirdischen Tunnel eingesperrt wurden, dachte ich schon, wir würden nie mehr rauskommen. Zum Glück ist alles noch mal gut ausgegangen. Das haben wir auch unserem Schlaumeier Dominik zu verdanken, der hervorragende Recherchearbeit geleistet hat. Weißt du noch, woran er André Fries trotz seiner Gesichtsoperationen erkannt hat?

Die Lösung gibt's im Internet unter
www.knickerbocker-bande.com
Achtung: Für den Zutritt brauchst du einen Code.
Er ergibt sich aus der Antwort auf folgende Frage:

Wer schrieb die Oper *Die Zauberflöte*?

Code
48212 Giuseppe Verdi
44019 Richard Wagner
47157 Wolfgang Amadeus Mozart

Und so funktioniert's:
Gib jetzt den richtigen Antwortcode auf der Webseite unter **MASTERFRAGE** und dem zugehörigen Buchtitel ein!

Hals- und Beinbruch!
Deine
Poppi

Ravensburger Bücher von Thomas C. Brezina

Diese Abenteuer der Knickerbocker-Bande sind bereits erschienen:

Habe ich	Fehlen mir		ISBN 978-3-473-
○	○	Rätsel um das Schneemonster	47081-5
○	○	Das Phantom der Schule	47082-2
○	○	Der Fluch des schwarzen Ritters	47126-3
○	○	SOS vom Geisterschiff	47100-3
○	○	Die Rache der roten Mumie	47085-3
○	○	Im Dschungel verschollen	47152-2
○	○	Im Tal der Donnerechsen	47137-9
○	○	Titanic, bitte melden!	47129-4
○	○	Der Eiskalte Troll	47153-9
○	○	Das Riff der Teufelsrochen	47154-6
○	○	Der Geisterreiter	47151-5
○	○	Im Wald der Werwölfe	47087-7
○	○	Das Haus der Höllensalamander	47083-9
○	○	Das Biest im Moor	47156-0
○	○	Die Maske mit den glühenden Augen	47086-0
○	○	Die Hand aus der Tiefe	47138-6
○	○	13 blaue Katzen	47084-6
○	○	Die rote Mumie kehrt zurück	47091-4
○	○	Hinter der verbotenen Tür	47160-7
○	○	Das Phantom der Schule spukt weiter	47092-1
○	○	Der unsichtbare Spieler	47093-8
○	○	Der Schrei der goldenen Schlange	47097-6
○	○	Der Schatz der letzten Drachen	47094-5

www.knickerbocker-bande.de

Ravensburger

KBB_10_014

Ravensburger Bücher von Thomas C. Brezina

Habe ich	Fehlen mir		ISBN 978-3-473-
○	○	**Das Diamantengesicht**	47157-7
○	○	**Das Gold des Grafen Drakul**	47128-7
○	○	**Das Internat der Geister**	47095-2
○	○	**Der Computerdämon**	47098-3
○	○	**Der Turm des Hexers**	47088-4
○	○	**Das Amulett des Superstars**	47124-9
○	○	**Wenn der Geisterhund heult**	47089-1
○	○	**Das Mädchen aus der Pyramide**	47090-7
○	○	**Spuk im Stadion**	47096-9
○	○	**Im Bann des Geisterpiraten**	47099-0
○	○	**Die Monstermaske der Lagune**	47125-6
○	○	**Der Meister der Dunkelheit**	47130-0
○	○	**Der Spinnenmagier**	47155-3
○	○	**Das Kabinett des Dr. Horribilus**	47127-0
○	○	**Das Geheimbuch für Detektive**	47139-3
○	○	**Auf frischer Tat ertappt!**	47158-4

Ravensburger

KBB_10_015

Ravensburger Bücher

Thomas C. Brezina

Im Tal der Donnerechsen

Band 27

Vorsicht, Tyrannosaurier! Die Knickerbocker haben den superspannenden Auftrag, über einen neuen Dinosaurierpark im fernen Japan zu berichten. Am Anfang haben sie jede Menge Spaß, doch plötzlich drehen die lebensechten Dinoroboter durch und Axel verschwindet spurlos ...

ISBN 978-3-473-**47137**-9

Thomas C. Brezina

Das Gold des Grafen Drakul

Band 54

Achtung, Blutsauger! Ein neues Abenteuer führt die Detektive nach Transsilvanien. Die vier sollen einer Freundin bei der Schatzsuche im Schloss des unheimlichen Grafen Drakul helfen. Plötzlich bricht der Handykontakt zu ihr ab und bei einem Rettungsversuch werden die Knickerbocker in der finsteren Burg eingeschlossen!

ISBN 978-3-473-**47128**-7

KBB_08_085

www.knickerbocker-bande.de

Ravensburger